GREG KINCAID

EIN HUND IM WINTER

GREG KINCAID

EIN HUND IM WINTER

ROMAN

DEUTSCH VON
GABRIELE ZIGLDRUM

PAGE & TURNER

Die Originalausgabe erschien 2010 unter dem Titel
»Christmas with Tucker« bei Doubleday,
an imprint of The Doubleday Broadway Publishing Group,
a division of Random House, Inc., New York.

MIX
Papier aus verantwortungsvollen Quellen
FSC® C014889
FSC
www.fsc.org

Verlagsgruppe Random House FSC-DEU-0100
Das FSC-zertifizierte Papier *EOS* für dieses Buch
liefert Salzer, St. Pölten.

Page & Turner Bücher erscheinen im
Wilhelm Goldmann Verlag, München,
einem Unternehmen der Verlagsgruppe
Random House GmbH.

1. Auflage

This translation published by arrangement with
Doubleday Religion, an imprint of the Crown
Publishing Group, a division of Random House, Inc.
Redaktion: Annette Wetzel
Gesetzt aus der Janson-Antiqua
Druck und Einband: Friedrich Pustet, Regensburg
Printed in Germany
ISBN: 978-3-442-20387-1

www.pageundturner-verlag.de

Für meine Großeltern
Chester und Maurine Richardson.
Wie alle wunderbaren Großeltern haben sie
die Bemühungen meiner Eltern ergänzt.

PROLOG

Hunde stehen mit einer Pfote in der Wildnis und kratzen mit der anderen an der Tür zum Menschsein. Sie sitzen zwischen zwei Stühlen. Es würde zu kurz greifen, einen Hund einfach nur als Tier zu beschreiben. Es ist unbestritten, dass unsere Haustiere beides sein können, wilde Tiere und hoch entwickelte Lebensformen, die sich exakt an menschliche Bedürfnisse anpassen können. Auf dem Land schätzt man an Hunden vielleicht gerade ihre tierischen Triebe – Jagen, Hüten, Bewachen –, während Hunde, die in der Stadt leben, eher für ihre beinahe menschliche, großartige Fähigkeit zu Kameradschaft und grenzenloser Zuneigung geliebt werden.

Ab und zu haben ein paar Auserwählte unter uns das Glück, einem Hund zu begegnen, der sich ganz natürlich zwischen diesen beiden Welten hin- und herzubewegen scheint. Ein solcher Hund heult mit einem Kojoten in der Ferne, geht auf die Jagd, scheut keinen Zweikampf und ist immer voller Freude draußen unterwegs, egal ob es schneit oder ob die Sonne scheint. Wir schätzen ihn allein schon wegen der puren Lebenslust, die aus seinen Augen strahlt. Und wenn die Arbeit getan ist, legt sich dieser Hund zufrieden zu unseren Füßen nieder und gibt uns zu verstehen, dass er nir-

gendwo lieber sein will als bei uns. Ein solcher Hund ist in beiden Welten vollkommen zuhause. Ein Vorbild an Vitalität und Gutmütigkeit zugleich – Tier und Engel in einem.

Frank Thorne besaß so einen Hund. Er hatte den vierjährigen Irish Setter als Gegenleistung für die Reparatur eines alten Traktors bekommen. Der Besitzer des defekten Traktors hatte Hund und Fahrzeug von seinem Großvater geerbt. In seinem Geldbeutel bewahrte er ein Foto auf, auf dem der alte Mann neben diesem stolzen Setter zu sehen war. Das Bild war nach einem Jagdwochenende entstanden. Dem Mann genügte dieser Schnappschuss – für den Hund hatte er keinen Platz.

Thorne war zu krank, zu gebrochen und zu sehr mit seinen persönlichen Problemen beschäftigt, um den wahren Wert seines Tauschhandels zu begreifen. Der Setter verbrachte die meiste Zeit im Freien an einer Kette, die an einem in den lehmigen Boden eingelassenen Stahlring befestigt war. Der Lehm war hart wie Beton. So angebunden konnte der Hund nur von ferne zusehen, wie bei Sonnenuntergang wilde Truthähne über die Wiese stolzierten oder Hasen sich aus dem Dickicht wagten, wenn der Schnee über Thornes Scheunenhof tanzte. Der Hund sehnte sich danach, die Welt außerhalb seines acht Meter großen Bewegungsradius zu erkunden.

Ab und zu hatte Thorne einen guten Tag und nahm den Hund auf eine Spritztour in seinem kleinen Lastwagen mit. Dann machten sie einen ausgedehnten Ausflug am Ufer des Kill Creek entlang. Oder er ließ ihn in sein bescheidenes, heruntergekommenes Haus, damit er einen warmen Abend am Feuer genießen konnte, das in einem alten Kanonenofen glühte. Thorne war ein einsamer Mann, dem der Gedanke an so etwas wie Freundschaft mit diesem Hund vollkommen fernlag.

Nicht lange nach seiner Ankunft beobachtete der Hund einen Jungen, der nach Westen über ein Feld lief. Der Hund zerrte an der Kette, jaulte und zerrte wieder. Er wedelte mit dem Schwanz, aber es war zwecklos. Am späten Nachmittag, ehe Thorne nach Hause kam, konnte der Hund hören, wie ein Schulbus voller Kinder oben auf dem Hügel hielt. Auch der Junge, den er über das Feld hatte laufen sehen, war in dem Bus.

Bis zum Juni sah oder hörte der Hund diesen Jungen beinahe täglich. Im Lauf des Sommers war der Junge immer seltener draußen zu sehen, im August überhaupt nicht mehr. Als er schließlich wieder auftauchte, spürte der Hund, dass der Junge verändert war. Auf dem Hügel wurde weniger gelacht.

Auch um den Mann stand es immer schlechter. Thorne verließ das Haus nicht mehr, und er verströmte einen fauligen Geruch. Der Hund kannte den Geruch. Er war ihm von seinem Vorbesitzer vertraut, der eine Kneipe in der Nähe der Stadt betrieb. Der Oktober ging, und der November kam, und Thorne kümmerte sich immer weniger um die Bedürfnisse des Hundes. Der Setter magerte ab, und jeglicher Glanz verschwand aus seinem rötlichen Fell. Er hatte Hunger und lief rastlos hin und her.

Eines Tages im November, etwa um drei Uhr nachmittags,

hörte der Hund, wie sich Thornes Lastwagen in schnellem Tempo dem Haus näherte. In der Ferne war noch ein anderes Geräusch zu hören, das den Hund vor Schmerzen aufjaulen ließ. Er versuchte, den Kopf zwischen den Pfoten zu verstecken, als das Geräusch näher kam. Es war Sirenengeheul.

Trotz seines Unbehagens wedelte er aufgeregt mit dem Schwanz, als Thornes Wagen mit quietschenden Reifen in die Einfahrt bog und keine drei Meter von ihm entfernt schlingernd zum Stillstand kam.

Der Hund wusste nicht, auf was er sich bei diesem großen, hageren Mann gefasst machen musste. Früher war er liebevoll gewesen und hatte seinen Hund geschätzt, aber in letzter Zeit hatte er ihn immer mehr wie eine lästige Verantwortung behandelt. Thorne stolperte aus dem Wagen und stürzte zu Boden. Die Wagentür blieb offen stehen. Der Hund missverstand diese Haltung als Aufforderung zum Spiel und wurde ganz aufgeregt. Er bettelte um eine freundliche Geste, ein Wort der Begrüßung. Aber umsonst. Stattdessen rappelte sich Thorne auf, klopfte den Staub von den Kleidern und versicherte sich, dass das Päckchen, das er umklammert hielt, keinen Schaden genommen hatte.

Der Lärm der Sirenen wurde immer unerträglicher, aber der Hund hatte noch immer nichts anderes im Sinn, als bei dem Mann zu sein. Verzweifelt warf er sich gegen die Kette und bellte um Aufmerksamkeit.

Es war noch früh am Nachmittag, aber nicht zu früh für die allgegenwärtige Flasche in der braunen Papiertüte, die Flasche mit dem Geruch, den der Hund inzwischen mit sei-

nem Herrchen verband. Thorne umklammerte die Tüte mit der linken Hand wie ein Löwenbändiger die Peitsche, die ihn vor dem sicheren Tod bewahrt.

Der rotbraune Setter winselte noch einmal und bellte kurz, aber Thorne beachtete ihn nicht. Stattdessen ging er ins Haus und warf die Tür hinter sich zu.

Kurze Zeit später bogen noch weitere Autos in die Einfahrt ein, zwei mit der quälenden Sirene auf dem Dach. Der Lärm verstummte, als die Männer den Motor abstellten. Sie stiegen aus und gingen zum Haus seines Herrchens.

Der Hund war verwirrt. Es kam nur selten vor, dass fremde Leute in sein Revier eindrangen. Die Stimmen der Fremden klangen gereizt, und der Hund witterte Gefahr. Er bellte wütend und zerrte an der Kette.

Die Männer in Uniform redeten mit dem Hund. Sie sagten, dass sie ihm nichts tun würden, aber auf dem Weg zum Haus machten sie einen großen Bogen um ihn. Er spürte ihr Misstrauen. Er würde sein Leben einsetzen, um Thorne vor dieser seltsamen neuen Bedrohung zu bewahren.

Die Männer hämmerten gegen Thornes alte Haustür. Verzweifelt warf sich der Hund mit seinem ganzen Gewicht in die Kette, aber sie gab nicht nach.

Wenige Augenblicke später führte einer der Männer sein Herrchen in Handschellen aus dem Haus, die Hände auf dem Rücken. Der Hund schnupperte in die Luft, um die Gefahr einzuschätzen. Nach Blut roch es nicht, aber er nahm den abgestandenen, sauren Geruch von Alkohol wahr, der an seinem Herrchen klebte. Thorne lief mit gesenktem Kopf zu den Au-

tos. Er sagte kein Wort zu seinem Hund, als er in einen Streifenwagen geschoben wurde.

Ein älterer Mann tauchte auf und redete mit den Beamten. Der Hund erkannte seine Stimme. Er hatte sie schon auf dem Hügel gehört. In dieser Stimme lag keine Angst.

Der alte Mann ging zu seinem Lastwagen, holte ein angebissenes Sandwich mit Wurst heraus und warf es dem Hund hin. Er behielt den Setter aus sicherem Abstand scharf im Auge und beobachtete, wie er das Fressen hinunterschlang. Der Mann kam näher, und der Hund duckte sich ängstlich – es war ihm noch immer nicht geheuer, dass ein Fremder in sein Revier eingedrungen war. Doch er fasste bald Vertrauen zu dem Mann mit der tiefen, beruhigenden Stimme, der ihm als Einziger Futter gebracht hatte. Müde und erschöpft von den Versuchen, sein Herrchen zu beschützen, legte sich der Hund auf den Boden. Als der Mann die Hand ausstreckte, um ihn zu streicheln, beruhigte er sich und rollte sich in einer unterwürfigen Geste auf den Rücken.

Der alte Mann richtete sich auf und blickte nach Westen. Der Himmel verfinsterte sich. Ein heftiger Wintereinbruch war im Anzug.

EINS

Die meisten Scheunen dienen auch als Familienmuseum. Die senkrechten Balken sind gespickt mit Nägeln und Haken, an denen eine Geschichte hängt. Teile von Pferdegeschirr, rostiges Werkzeug, Nummernschilder von alten Autos oder ein Kalender aus längst vergangenen Zeiten – alles erzählt eine Geschichte. Es ist Aufgabe eines Museumsleiters, die richtigen Ausstellungsstücke auszuwählen, die Einzelteile zusammenzustellen, die die Gesamtheit eines Volkes, eines Ortes oder einer vergangenen Zeit ausmachen.

Vom Fenster unserer alten Holzscheune aus konnte ich meinen Sohn Todd beobachten, wie er einen Ball für unseren Hund warf, einen ausgewachsenen, hellen Labrador. Todd hatte ihm den Namen Christmas gegeben. Der Motor seines Wagens lief gerade warm, ebenso der vom Auto meiner Frau. Todds Atem kondensierte in der kalten Winterluft. Wir bereiteten uns alle auf einen arbeitsreichen Tag vor. Auf mich wartete eine ungewöhnliche Aufgabe, die ich schon vor fünfzig Jahren begonnen hatte. Es war an der Zeit, sie zu Ende zu bringen.

Ich nahm Tuckers Lederhalsband von einem Haken,

die Buchstaben seines Namens waren verblichen, aber immer noch lesbar. Für sechs Uhr hatte sich eine der wichtigsten Besucherinnen unseres Familienmuseums angekündigt. Ich wollte die eine entscheidende Ausstellung zusammenstellen, die die Vergangenheit erklären würde, nicht nur mir selbst, sondern auch ihr. Dafür musste ich an einen kalten, winterlichen Ort zurückkehren, den ich bisher lieber gemieden hatte. Wenn ich nun die Rolle des Museumsleiters übernahm, blieb mir nichts anderes übrig.

Jeder kennt einen solchen Winter. Einen Ort und eine Zeit, die uns für immer verändern. Einen Ort und eine Zeit, in denen der Wind so eisig bläst, dass selbst die Erinnerung daran noch schmerzt. Nun war es an der Zeit, sich diesem Schmerz zu stellen und einen wichtigen Teil meines Lebens freizulegen. Für sie wollte ich mir diese Mühe machen.

Ich hörte den Kies in der Einfahrt knirschen, als Todd und Mary Ann nacheinander davonfuhren und mich alleine auf unserer Farm zurückließen. Ich würde nun den ganzen Tag Zeit haben, um mich auf mein Projekt zu konzentrieren. Irgendwie war ich in den letzten Jahrzehnten immer viel zu beschäftigt gewesen, oft mit unwichtigen Sachen, anstatt mir die Zeit für eine so wichtige Angelegenheit zu nehmen. Jetzt ließ es sich nicht länger aufschieben.

Mit dem Halsband in der Hand betrat ich das Haus, wo ich die anderen Gegenstände zusammensuchte, die

die Ausstellung ausmachen würden: einen alten Zinnbecher vom Fenstersims in der Küche, einen Stapel säuberlich zusammengebundener und chronologisch geordneter Briefe, den ich auf dem obersten Brett in einem Schrank aufbewahrte, und eine zerfledderte Puzzleschachtel mit hunderten von Teilen. Ich goss mir eine Tasse Kaffee ein, warf noch ein paar Scheite Hickoryholz auf das Feuer und ließ mich mit diesen Schätzen auf dem Schoß auf meinem alten, mit rostfarbenem Kord bezogenen Sessel nieder. Das war schon immer ein guter Platz gewesen, um nachzudenken, meine Wunden zu lecken und, im besten Fall, die Scherben meines Ichs zu kitten.

Ich nahm den Zinnbecher in die Hand und schloss die Augen. Ich wartete, bis ich die eisige Kälte jenes Winters 1962 im Gesicht spüren und das leise Rumpeln eines alten Lastwagens hören konnte, der sich mühsam den McCray's Hill hinaufquälte …

ZWEI

Mit einem Quietschen öffnete sich die Tür des Lastwagens und schlug wieder zu. Der alte Mann ging durch die Hintertür in die Küche und nahm seinen Hut ab. Darunter kamen kurz geschnittene, graue Haare zum Vorschein. Der Mann hatte hohe, schmale Wangenknochen, sein Gesicht war von stundenlanger Arbeit an der frischen Sommerluft leicht gebräunt. Er hatte ein markantes und stolzes Profil und für seine zweiundsiebzig Jahre erstaunlich wenig Falten.

Er war nur nachlässig rasiert und offensichtlich der Ansicht, dass es genügte, jeden zweiten Tag einen Rasierer zu benutzen. Seine Augen waren so blau wie der Himmel über Kansas und so scharf wie die eines Rotschwanzbussards.

Er hatte kein Gramm Fett am Körper, der gestählt war durch harte Arbeit, wie sie heutzutage kaum mehr vorstellbar ist. Nach vierzehn Stunden in den Scheunen und auf dem Feld waren seine Glieder steif. Der nüchterne Ausdruck seiner Augen war so beständig wie die Male, Narben und Kratzer auf seinem Körper.

Jetzt küsste er die hochgewachsene, weißhaarige

Frau, die am Spülbecken stand, zärtlich auf die Wange und füllte einen alten Messbecher aus Zinn mit dem kühlen Regenwasser aus der Zisterne. Er legte seinen ergrauten Kopf in den Nacken und leerte den Becher bis auf den letzten Tropfen. Dann ließ er ein lautes »Aaaah« hören. Dieses Ritual wiederholte er mehrmals am Tag, so war es in den beinahe fünfzig Jahren ihrer Ehe immer gewesen. Jedes Mal zauberte er damit ein zufriedenes Lächeln auf ihr Gesicht.

Wie die beiden dort an diesem frühen Winternachmittag zusammen am Spülbecken standen, wirkten sie wie ein perfekt eingespieltes Team, bereit, die weiten Grasflächen zu bestellen, von denen die McCrays schon seit Generationen lebten. Die Frau war schlank, schön und trug eines ihrer unverwechselbaren geblümten Kleider. Darunter strahlte sie eine sanfte Güte aus. Für alle, die sie kannten, war sie eine Quelle des Trostes und der Freude.

In den Sommermonaten füllte und leerte er den Zinnbecher vier- oder fünfmal, bis sein Durst gestillt war. Die letzten Tropfen, die in dem Becher hängen blieben, schüttete er dann kurzerhand aus dem Küchenfenster auf die leuchtend bunten Blumen seiner Frau, die sich aus einem ganz bestimmten Grund für eben diese Blüten entschieden hatte: Ihr Nektar zog ihre geliebten Kolibris an.

Aber an diesem Tag war ein Becher Wasser genug. Grandpa Bo setzte den Becher ab, griff nach Grandma Coras Arm und zog sie zu sich heran.

Ich saß im Wohnzimmer auf dem Sofa und las. Über die Seiten meines Buches hinweg beobachtete ich die beiden. Seit einigen Monaten verschanzte ich mich regelrecht hinter meinen Büchern. Doch an diesem Nachmittag musste ich Tarzan auf seinem Baum sitzen lassen, um ein paar Bruchstücke des Gespräches zwischen meinen Großeltern aufzuschnappen. Ich liebte die beiden über alles und hatte mein ganzes Leben in ihrem Haus verbracht, immerhin dreizehn Jahre.

Meine Großmutter klang bestürzt. »Nicht schon wieder. O nein. Bo, ich bin wirklich enttäuscht.« Sie seufzte tief auf. »Aber eigentlich sollte mich das bei seiner Gemütsverfassung nicht wundern«, fuhr sie fort. »Der arme Kerl hatte es nicht leicht mit diesen Eltern und musste immer selbst sehen, wo er bleibt. Er hat in seinem Leben mehr verloren, als er bekommen hat – so viele Jobs, seine Ehe und jetzt auch noch einen Freund.«

Es folgte Schweigen, und ich konnte nichts mehr verstehen, bis sie auffuhr: »Du hast was?«

Er redete beschwichtigend mit seiner tiefen Stimme auf sie ein. »Reg dich nicht auf, Cora. Das wird schon klappen.«

»Ich bin erschüttert, nichts weiter. Ich hätte nie gedacht … bist du sicher?«

Er brummte. »Seit dem 14. Juni 1962 bin ich mir wegen gar nichts mehr sicher.«

Als er dieses Datum erwähnte, wurde ich ganz mutlos. Wie der 7. Dezember 1941 und noch ein paar andere Daten war auch dies ein Tag, den meine Familie niemals vergessen würde. Ich legte mein Buch zur Seite, stand auf und ging in die Küche. Als ich eintrat, verstummte das Gespräch.

Die beiden sahen mich erwartungsvoll an, weshalb ich mir kurzerhand eine Frage einfallen ließ.

»Hast du die Kühe verkauft, Grandpa?«

»Ja, die hab ich verkauft und danach im Ox gegessen. Und Hank Fisher und seine Frau getroffen.« Er zögerte, dann spuckte er die Worte förmlich aus: »Und auf dem Weg habe ich kurz angehalten und einen Hund mit nach Hause genommen.«

»Einen Hund!« Ich hatte mir schon immer einen Welpen gewünscht und traute meinen Ohren nicht.

»Es ist nicht ganz so, wie du denkst, George, also mach dir nicht allzu große Hoffnungen.«

»Was meinst du damit?«, fragte ich.

»Er ist kein Welpe mehr, und du wirst ihn nicht behalten können. Frank Thorne ist mal wieder in Schwierigkeiten. Er muss seine Farm für eine Weile verlassen. Er war ein Freund deines Vaters und ist unser Nachbar, also finde ich, dass wir ihm helfen müssen. Ich würde mich über deine Unterstützung freuen.«

»Meinst du etwa diesen bösartigen, rotbraunen Hund, den er vor seinem Haus angebunden hat? Der, der jedes Mal wie der Teufel kläfft, wenn ich mit dem Schulbus vorbeifahre?«

»Genau der.«

Ich stellte mir unter einem anständigen Hund einen Welpen vor, und ich brachte meine Gefühle ohne Umschweife zum Ausdruck. »Ich glaube nicht, dass ich mich um Thornes Hund kümmern will.«

Auch Bo McCray redete nicht lange um die Dinge herum. »Du wirst es trotzdem tun.«

Ich sah hilfesuchend meine Großmutter an, und sie warf mir einen strengen Blick zu, der keinen Zweifel daran ließ, dass dieses Thema nicht weiter zur Diskussion stand.

»Also gut, wo ist er?«

Leicht verärgert stellte mein Großvater seinen Zinnbecher auf den Küchentisch. »Im Wagen«, brummte er und deutete auf die Hintertür. »Und falls er einen Namen hat, dann hat Thorne ihn zumindest nicht erwähnt.«

Normalerweise parkte der Lastwagen im Schuppen, aber an diesem Nachmittag hatte Grandpa ihn in der geschotterten Einfahrt vor unserem Farmhaus stehen lassen. Ohne ein weiteres Wort ging ich hinaus.

Draußen blieb ich stehen und starrte einen Moment lang unschlüssig auf den Lastwagen. Ich hatte keine Ahnung, was für eine wertvolle Fracht er geladen hatte.

DREI

Als ich die Küchentür hinter mir zuwarf, kam mir der Gedanke, dass ein Hund auf der McCray-Farm etwa genauso ungewöhnlich war wie eine Giraffe oder ein Elefant. Mir fiel wieder ein, was mein Vater und mein Großvater stets zu diesem Thema gesagt hatten: »Milchvieh und Hunde gehen nicht gut zusammen, George. Schlag dir deinen Welpen aus dem Kopf.«

Jahrelang schmollte ich deswegen, wie es jedes Kind tun würde, aber schließlich fand ich mich damit ab, dass es auf der McCray-Farm ebenso wenig Hunde geben würde wie heiße Tage im Februar.

Nun saß dieser namenlose Hund im Lastwagen, und ich wusste nicht, was ich davon halten sollte. Einerseits war ich begeistert, aber zugleich auch verunsichert. Ich war in einem Alter, wo ich verlässliche Regeln in meinem Leben brauchte, auch wenn es ungeliebte Regeln waren.

In meinem Leben war schon die eine Regel gebrochen worden, auf die sich Kinder am allermeisten verlassen: *Eltern lassen ihre Kinder niemals allein.* Diese Regel war für mich unantastbar. Für mich hatte sie noch einen Zusatz: *Ein Junge verliert seinen Vater nicht bei einem Traktorunfall an einem heißen Sommernachmittag.* Mein Vater, John Mangum McCray, war eines Morgens noch da gewesen, wie er es immer gewesen war, hatte gefrühstückt, war dann hinaus zur Arbeit und an diesem Nachmittag für immer von uns gegangen.

Jetzt wurde auch noch diese Milchvieh-und-Hunde-Regel gebrochen. Ich war felsenfest davon überzeugt, dass man mir niemals erlauben würde, einen Hund zu haben. Auch wenn ich das bedauerte, so war es doch eine Regel, auf die ich mich verließ, um meine in Auflösung begriffene Welt zusammenzuhalten. In gewisser Weise war es erschreckend, wenn diese Regel nun gebrochen wurde. Welche Regel würde als Nächstes außer Kraft gesetzt werden? Was hatte ich falsch gemacht, dass ich als einziges Kind in meiner Schule ein Elternteil verloren hatte? Ich hatte das Gefühl, für etwas bestraft zu werden, aber ich verstand nicht, wofür. Irgendwie offenbarte der Tod meines Vaters eine dunkle Wahrheit über mich. Sicher verloren brave Kinder ihre Eltern nicht – ein solcher Schicksalsschlag traf nur Kinder, die es nicht anders verdient hatten. Was hatte ich verbrochen?

Mein Kopf schwirrte, ich war völlig durcheinander. Ich legte meine Hand auf die Ladeklappe und zögerte, ehe ich den Riegel zurückschob. Überraschungen hatten ihren Reiz verloren. Ich wusste einfach nicht, was ich von diesem jüngsten unerwarteten Ereignis halten sollte. Die Angeln mussten dringend geölt werden, sie quietschten, als ich die Klappe öffnete. Ich notierte mir im Stillen, ein paar Tropfen Öl darauf zu geben.

Hinten im Lastwagen wartete ein Bild von einem Hund und wedelte schüchtern mit dem Schwanz. Ich hatte Thornes Hund nie aus der Nähe gesehen. Er war zwar dürr und ungepflegt, aber er hatte ein langes rötliches Fell und sah aus wie ein Irish Setter. Ich öffnete die Klappe und redete beruhigend auf ihn ein. »Alles in Ordnung, Junge. Ich tu dir nichts. Komm, spring runter.«

Er ließ sich nicht lange bitten, sondern preschte sofort auf mich zu und sprang an mir hoch. Überrascht stolperte ich rückwärts und landete flach auf dem Rücken. Instinktiv hob ich meine Hände über den Kopf, um mein Gesicht vor einem Angriff zu schützen.

Doch die Attacke war nicht bösartig. Vielmehr leckte er mir zärtlich das Gesicht und versuchte, mich mit seiner Schnauze zum Aufstehen zu bewegen. Dieser Hund drückte mir seine kühle, nasse Nase ins Gesicht, als wären wir alte Freunde, die nach grausamer Trennung nun endlich wieder zusammengefunden hatten. Ich lachte und schob ihn sanft zur Seite. »Genug!«

Aber es war zwecklos, er war sofort wieder auf mir und forderte meine Aufmerksamkeit. Ich stand auf und ging ein paar Schritte, um etwas Abstand zwischen uns zu bringen, aber er rannte mir hinterher und schnappte verspielt nach meinen Knöcheln. Es schien ihm großen

Spaß zu machen, mich umzuwerfen und dann auf mich zu springen, um mit mir zu raufen.

Ich versuchte es anders und rührte mich nicht. Daraufhin wich er ein paar Schritte zurück, fing an zu bellen und forderte mich zum Spielen auf. Ich rannte davon und hoffte, dass er mir folgen würde, aber er war so aufgeregt, dass er davonsetzte und in vollem Tempo um das Haus herumjagte. Seine großen rotbraunen Schlappohren flogen auf und ab, als er an mir vorbeipreschte. Ich fragte mich, ob diesem Köter vielleicht schon vorzeitig der Weihnachtsmann erschienen war.

Nach zwei schnellen Runden um das Haus wandte er seine Aufmerksamkeit wieder mir zu und umkreiste mich wie ein Indianer auf dem Kriegspfad. Er bellte und jaulte in den höchsten Tönen. Ich beschloss, die Herausforderung anzunehmen, stürzte mich auf ihn und riss ihn um. Ehe er sich aufrappeln konnte, sprang ich auf und rannte davon. Er rollte sich herum, und wir jagten uns gegenseitig in wildem Tempo rund um den Hof.

So rauften, rannten und spielten wir beinahe eine Stunde lang, bis die Sonne langsam unterging. Der Hund schien unbegrenzte Energie zu haben, schließlich warf ich mich auf den Boden und hielt mir die Arme vors Gesicht. Er legte mir den Kopf auf die Brust, während ich nach Luft schnappte.

Ich hörte, wie die Hintertür zugeschlagen wurde. Grandpa kam heraus und streichelte den Hund, der sich neben mir ausruhte, ganz behutsam. Er knotete aus einem alten Stück Seil ein provisorisches Halsband samt Leine und legte es dem Hund um den Hals. »Komm, Junge«, sagte er in beruhigendem Ton zu ihm.

Der Hund folgte meinem Großvater gehorsam. Er wirkte wie ausgewechselt – wachsam, ruhig und ergeben –, als ginge es jetzt um Arbeit und nicht mehr um Spiel. Grandpa führte ihn ein paar Minuten über den Hof. Dann kam er mit dem Hund wieder zu mir, als ob er uns nochmal einander vorstellen wollte.

Sie blieben ein paar Schritte vor mir stehen, und Grandpa fasste, wie es seine Art war, den Hund und mein Leben in wenigen Sätzen zusammen: »Er ist ein bisschen zu alt für einen Welpen, aber er wirkt vielversprechend. Du kannst mit diesem Hund ungefähr einen Monat lang trainieren. Nach Weihnachten, wenn du nach Minnesota gehst, erlaubt dir deine Mutter vielleicht, einen eigenen Hund zu halten.«

»Ich weiß nicht, ob ich zurück nach Minnesota will.«

»Deine Mutter vermisst dich. Sie braucht dich.«

Mein Vater war nicht der Einzige, der eine Regel gebrochen hatte. Auch meine Mutter hatte mich »zurückgelassen« – wenngleich mit meiner Zustimmung – und hatte die Farm am Ende des Sommers verlassen, um in der Nähe ihrer Eltern in Minnesota zu leben. Meine beiden Schwestern gingen dort aufs College, und meine Mutter konnte es in ihrer Trauer einfach nicht ertragen, ohne meinen Vater auf der Farm zu leben. Als sie letzten August beschlossen hatte, dass wir die Farm verlassen, hatte ich sie gefragt, ob ich noch ein wenig länger bleiben durfte.

Ich verstand, dass sie einen Neuanfang brauchte, aber ich wollte einfach nicht fort. Ich bat sie, bis Weihnachten auf der Farm bleiben zu dürfen, und sie willigte nur ungern ein. Ich hatte das für eine einfache Lösung gehalten, aber allmählich wurde mir klar, dass die Sache immer komplizierter wurde, denn mit jedem Tag, der verstrich, fragte ich mich mehr, was »Zuhause« eigentlich bedeutete.

»Zieh mich da nicht mit hinein, George.«

Ich nahm ihm die selbst gebastelte Leine aus der Hand. »Die Ladeklappe muss geölt werden. Ich kümmere mich darum.«

»Das Abendessen ist gleich fertig«, sagte er, als wäre er auch erleichtert, das Thema wechseln zu können. »Heute Nacht wird es kalt. Wenn du die Angeln geölt hast, solltest du die Heizungen an die Wassertanks anschließen, sonst haben deine Hühner kein Wasser. Ende der Woche könnte schon der erste Schnee fallen.« Er sah auf unseren neuen Schützling hinunter. »Wenn du fertig bist, bringst du Franks Hund bitte auf die hintere Veranda, dort hat er es warm.«

Er wollte sich schon umdrehen, doch ich hielt ihn auf: »Grandpa?«

»Ja«, sagte er und drehte sich zu mir um.

»Ich finde, dass Mr Thorne keinen Hund verdient hat, wenn er ihn nur den ganzen Tag ankettet.«

Grandpa suchte einen Augenblick nach den richtigen Worten. »Darüber weiß ich nichts. Ich weiß nur, dass Thorne im Moment nicht da ist. Also habe ich ihm einen Gefallen getan. Vielleicht war das falsch, aber ich habe getan, was ich für richtig hielt.«

Er blieb noch kurz stehen und musterte mich und den Hund. Er schien ganz in Gedanken versunken zu sein. Schließlich drehte er sich um und ging zur Veranda hinter unserem alten Haus, aber zuvor gab er mir noch einen letzten Auftrag: »Wenn die Wettervorhersage stimmt und es am Freitag schneit, brauche ich dich für das Melken am Morgen, während ich die Straße räume. Kannst du das übernehmen?«

Ich zuckte mit den Schultern und antwortete: »Klar, ich denke schon.« Dann ging ich davon, um meine Arbeit zu erledigen.

VIER

Unsere Familie besaß und bewirtschaftete McCrays Milchhof, der erst an meinen Vater übergegangen wäre, wenn er gelebt hätte, und dann an mich. Ein Stadtmensch mag sich unter einem Milchhof vielleicht etwas beinahe Malerisches vorstellen, aber in Wahrheit vereinte er wohl die härtesten Aspekte des Landlebens. Es war eine gewaltige Aufgabe, Milchvieh mit Futter und Wasser zu versorgen – und dann hatte man die Tiere noch nicht einmal gemolken.

Während der Sommermonate weideten unsere Kühe auf den Wiesen rund um unsere Farm. Aber um einen maximalen Milchertrag zu erzielen, fütterten wir unserer kleinen Herde das ganze Jahr über Kraftfutter zu. Dieses Körnerfutter musste angebaut, geerntet und gelagert werden. Während des Sommers legten wir auch große Heuvorräte an – Gras, das geschnitten, getrocknet und zu Ballen zusammengeschnürt wird –, um damit im Winter, wenn die Wiesen und Felder brach lagen, die Kühe zu füttern.

Es ist auch keine leichte Aufgabe, eine Herde zu tränken. Milchkühen muss Wasser in ausreichender Menge zur Verfügung stehen. Jede Kuh trinkt pro Tag hundert bis zweihundert Liter Wasser, je nach Wetter. An einem heißen Augusttag braucht selbst eine kleine Herde viertausend Liter Wasser.

Leider gab es in den 60er-Jahren in den ländlichen Gebieten von Kansas noch so gut wie keine Wasserversorgung. Die Farmer mussten ihre eigenen Quellen auftun. Uns standen zwei zur Verfügung: unser See, eigentlich war es nur ein etwa ein Hektar großer Teich, und das Regenwasser, das vom Dach durch die Regenrinnen tropfte und in großen unterirdischen Zisternen aus Beton gesammelt wurde. Wenn die Zisternen austrockneten, was oft passierte, mussten wir Wasser in der Stadt kaufen und auf die Farm bringen.

Niemand sollte so hart arbeiten müssen, aber Grandpa hatte, wie die meisten Kleinbauern, einen Nebenjob, um Geld heranzuschaffen. Wenn er sich nicht um die Äcker kümmerte, die Kühe molk oder seine beiden alten Zugpferde, die Kaltblüter Dick und Dock, versorgte, arbeitete er als Straßenwart, von denen es in der Gegend nur drei gab. Im Sommer glättete er die geschotterten Straßen und besserte Schlaglöcher aus, im Winter musste er die Straßen vom Schnee befreien. Straßenräumdienst und Landwirtschaft ließen sich gut miteinander vereinbaren. Im Sommer gab es auf der Farm mehr zu tun und auf den Straßen weniger. Im Winter lag auf der Farm weniger Arbeit an, dafür mussten normalerweise die Straßen öfter geräumt werden. Da diese Aufgabe körperlich weniger anstrengend war, hatte Grandpa vorgehabt, damit seinen Ruhestand zu bestreiten. Zumindest war das bis zu jenem Tag im Juni sein Plan gewesen.

Er benutzte dazu eine große Maschine, die man heute als Straßenhobel bezeichnen würde. Damals jedoch nannte man sie bei uns in Kansas »Maintainer«. Grandpa hatte sogar einen offiziellen Titel: »Senior Maintainer«, aber manche Leute sagten nur »Maintainer« oder »Big Bo McCray« zu ihm. Für mich war er einfach Grandpa.

Wenn ich von der Schule nach Hause kam, wartete eine Reihe von Aufgaben auf mich, die ich vor dem Abendessen erledigen musste. Auch meine Schwestern hatten solche Listen, aber als sie aufs College gingen, fiel ein Großteil ihrer Aufgaben mir zu. Zuerst musste ich die Nachzügler finden und zur Scheune hinauftreiben. Wenn alle Rinder in der Scheune waren, schloss ich ein großes Eisentor, das den Hof von den Wiesen und Feldern trennte, die unsere Farm umgaben. Dann schüttete ich das Futter in die Futtertröge und vergewisserte mich, dass die Kühe genug Wasser hatten, während eine nach der anderen gemolken wurde. Das Wasser wurde von elektrischen Pumpen aus den Zisternen in große Aluminiumtanks gepumpt, die neben der Scheune standen.

Während Grandpa und mein Vater die Kühe molken, kümmerte ich mich um die übrigen Tiere auf der Farm –

Schweine, Hühner und Pferde. Außerdem musste ich den Stall von Dick und Dock ausmisten. Glücklicherweise grenzte er direkt an eine Koppel, wo sie sich die meiste Zeit aufhielten und deshalb auch den Großteil ihres Mistes hinterließen.

Das Melken am Morgen war damit nicht zu vergleichen. Die Arbeitsschritte waren dieselben, aber sie mussten in der Dunkelheit ausgeführt werden. Die Prozedur begann um halb fünf Uhr morgens. Ich bezweifelte, dass ich um diese Uhrzeit fähig war, mir die Zähne zu putzen, geschweige denn einen sinnvollen Beitrag zum Melken der Kühe zur leisten.

Ich war von dieser Arbeit immer verschont geblieben, damit ich mich auf die Schule konzentrieren konnte. Niemand erwartete ernsthaft von einem Kind, um diese Zeit aufzustehen. Jetzt hatte ich den Eindruck, als würde eine weitere Regel, auf die ich mich verlassen hatte, einfach außer Kraft gesetzt. Das warf mich noch mehr aus der Bahn. Höchstwahrscheinlich kämpften Großvater und ich mit der gleichen Frage: Wie um alles in der Welt sollten wir die ganze Arbeit ohne die Hilfe meines Vaters schaffen? Für ihn war die Antwort einfach. Wir würden härter arbeiten. Für mich war die Sache nicht ganz so einfach.

Zum einen fühlte ich einen gewissen Groll über die zusätzliche Arbeit, die mir aufgebürdet wurde, aber in Wahrheit war das morgendliche Melken nicht das eigentliche Problem. Als ich in die Werkstatt hinüberging, um die Ölkanne aus dem Werkzeugschrank zu holen, begann dieses Gefühl in mir zu gären.

Nachdem ich die Angeln geölt und meine Hühner versorgt hatte, stand ich an der Hintertür und starrte nach Süden über die Wiese. Ich beobachtete, wie die letzten Herbstblätter wie kleine gelbe Fallschirme von den Zweigen einer alten Eiche zu Boden segelten. Der Herbst war vorbei, nun kam der Winter.

Der Wind wurde stärker, und ich musste meine Jacke zuknöpfen. Wie ich so dastand, grübelte ich, was mich außer dem Wind noch beunruhigte.

Die simple Bitte meines Großvaters, ihm bei der Arbeit zu helfen, die getan werden musste, hatte erneut an meinem Kummer gerührt. Ich setzte mich auf die Stufen, die zur hinteren Veranda hinaufführten, und streichelte Thornes Hund. Als ich mit meinen Fingern durch sein Fell strich, empfand ich einen gewissen Trost.

Wenn wir erwachsen sind, vergessen wir die Wirren der Pubertät. Je öfter wir mit einem Problem oder einem Gefühl konfrontiert werden, umso besser können wir damit umgehen. Aber ich war erst dreizehn Jahre alt, und das alles verwirrte mich. Die meisten Menschen schaffen es nicht auf Anhieb. Ich war da keine Ausnahme. Das Schicksal zwang mich zu der falschen Einstellung. Wenn man weiß, wie sich die falsche Einstellung anfühlt, ist das schon der erste Schritt, eine bessere zu erkennen, wenn sie sich anbietet.

In meinem jugendlichen Alter besaß ich diese Weitsicht noch nicht. Bis wir eine gewisse Reife erreicht und die Fähigkeit entwickelt haben, unsere Probleme objektiver zu beurteilen, sind wir unvermeidlich in einer selbstbezogenen, oberflächlichen Haltung gefangen. Das macht die Teenagerjahre so schwierig.

Ich haderte an jenem Nachmittag vor allem mit der Ungerechtigkeit meines Schicksals. Immerhin hatte ich meinen Vater verloren. Auf der Suche nach einem Weg durchs Leben hatte ich mich vor allem an ihn gehalten. Er war der unerschütterliche Wachposten auf dem Gipfel des Berges, an dem ich mich auch im größten Sturm orientieren konnte. Wenn ich stolperte und fiel, war er es, der mich in seinen starken Armen auffing, mehr als jeder andere.

Insgeheim hatte ich aber einfach Angst, auch wenn ich es nicht zugeben wollte. Mein Großvater erwartete von mir, dass ich die Arbeit eines Erwachsenen übernahm – ich hatte ohnehin schon an einem einzigen Nachmittag nach der Schule mehr Verpflichtungen als die meisten meiner Freunde aus der Stadt in einem ganzen Monat –, und ich wollte mich noch nicht von meiner Kindheit verabschieden.

Ich fing an, mich zu bemitleiden, was für ein hartes Leben ich auf der Farm hatte. Und jetzt würde alles sogar noch schlimmer werden.

Vielleicht war es Trauer, vielleicht schlechte Laune, oder vielleicht war ich einfach nur ein Teenager, der über sein Selbstmitleid hinwegkommen musste. Ob gerechtfertigt oder nicht, jedenfalls fand ich es ungerecht, dass ich meine eigenen Aufgaben erfüllen musste und noch die Hälfte von denen, die mein Vater erledigt hatte. Und jetzt, wo Thorne im Gefängnis saß, musste ich mich auch noch um diesen Hund kümmern. Ich fragte mich, was man mir eigentlich noch alles aufbürden würde und ob ich in irgendeiner verdammten Angelegenheit auch einmal mitreden durfte. Niemand fragte mich je nach meiner Meinung, ich bekam einfach Anweisungen, was ich zu tun hatte.

Wie ich so auf der Veranda saß und Thornes Hund streichelte, überkam mich ein tiefes Gefühl der Sinnlosigkeit. Meine Mutter hatte Recht – dieses Leben auf dem Land war hart –, und in Minnesota würde für mich vieles einfacher werden.

Mom hatte mir immer wieder angeboten, ein Busticket zu schicken, falls ich es mir anders überlegen sollte und noch vor dem Ende des Schuljahres zu ihr nach Minnesota kommen wollte. Das klang immer verlockender. Wer konnte mir schon einen Vorwurf machen, dass ich die Zeit mit meiner eigenen Mutter verbringen wollte?

Als ich daran dachte, wie es wäre, wieder bei ihr zu sein, schien in meinem Kopf etwas wieder einzurasten, wie ein Zahlenschloss bei der richtigen Kombination. Ich konnte klarer über meine Lage nachdenken. Über die Trauer um meinen Vater hatte ich verdrängt, wie sehr ich meine Mutter und meine Schwestern vermisste. Der Gedanke an Minnesota war für mich plötzlich so verlockend, wie er es für meine Mutter gewesen sein musste.

Der Hund legte seinen Kopf auf mein Bein und schien endlich müde zu sein. Ich stand auf, kehrte dem herrlichen Sonnenuntergang den Rücken zu und ging missmutig ins Haus. Ich war vollkommen verwirrt. Hing mein Herz an dieser Farm? War sie die letzte Verbindung zu meinem Vater und einem Leben, das mir gefallen hatte? Lag hier meine Zukunft, oder war die Farm nur Teil meiner Vergangenheit – ein weiteres Verhängnis inmitten all der Regeln, die nicht mehr zu gelten schienen? Ich ließ Thornes Hund auf der Veranda allein, öffnete die Tür zur Küche und ging zum Spülbecken, um mir die Hände zu waschen. Dann setzte ich mich mit meinen Großeltern an den Tisch zum Abendessen.

FÜNF

George, du bist heute so merkwürdig still. Ist alles in Ordnung?«

»Ja, ich denke schon, Grandma.«

Ich versuchte, all meinen Mut zusammenzunehmen und die Sache mit dem Melken am Morgen anzusprechen. »Ich frage mich nur, wie ich morgens melken und mich gleichzeitig für die Schule fertig machen soll.«

Grandpa ließ seine Gabel sinken und grinste mich listig an. »Gute Frage.«

Ich ließ nicht locker. »Ich weiß nicht, ob ich das alles schaffe.«

»Du kannst das, George.«

»Wie denn?«

»Genauso wie ich, als ich so alt war wie du.«

»Wie hast du das geschafft?«, hakte ich nach.

»Ganz einfach, George.«

»Wirklich?«

»Natürlich.« Er lehnte sich zurück und zog an seinen Hosenträgern. Dann legte er mir seine große Hand auf die Schulter und lächelte. »Du musst früh aufstehen. Früh aufzustehen ist gesund. Ich mache das jetzt schon seit beinahe siebzig Jahren. So viel Schnee wird es diesen Winter nicht öfter als vierzig oder fünfzig Mal geben.«

Er grinste, und ich wusste, dass er mich ärgern wollte. »Unsinn, George. Nur bei schweren Schneestürmen kann es ein paar Tage dauern, bis das Wetter sich verzieht. Das schaffst du doch, oder?«

Ehrlich gesagt wusste ich nicht, ob ich das konnte oder ob ich es überhaupt wollte. Ich widerstand der Versuchung, ihm einfach zu entgegnen: »Von Minnesota aus werde ich das Melken am Morgen kaum übernehmen können.« Die Vorstellung, meine Großeltern und die Farm zu verlassen, verstörte mich plötzlich. Es wäre ein trauriger Sieg für mich. Ich verlor die Fassung, und die Tränen schossen mir in die Augen.

Ich stand auf und lief aus der Küche. Ich hörte, wie ein Stuhl zurückgeschoben wurde. Ich hatte gewusst, dass meine Großmutter mir nachkommen würde.

Ich drehte mich um, und sie packte mich am Arm. »George, wir werden zusammen aufstehen und alles gemeinsam erledigen. Wir schaffen das.«

Ich kam mir wie ein kleiner Junge vor und ärgerte mich, dass ich die Fassung verloren hatte. Gleichzeitig war ich dankbar für ein bisschen Trost und Aufmunterung. Ich wollte sein wie mein Vater und Großvater, die so viel ertragen konnten, ohne ein Wort darüber zu verlieren. Ich wusste einfach nur nicht, wie ich das anstellen sollte.

»Danke, Grandma, aber ich dachte nur …«

Sie sah mich geduldig an. »Ja?«

Im selben Moment, als die Worte heraus waren, bereute ich sie schon. »Vielleicht ist es Zeit, dass ich nach Minnesota gehe.«

Für einen ganz kurzen Moment flackerte Schmerz in ihren Augen auf, und dann lächelte sie verständnisvoll. »Wir sind alle verstört und traurig und mutlos, und manchmal geht es eben mit uns durch. Das kann vorkommen.« Sie nahm meine Hand und sagte: »George, wenn du jetzt zu deiner Mutter nach Minnesota willst, dann machen wir es so. Lies ein Buch und entspann dich. Du solltest erst eine Entscheidung treffen, wenn es dir wieder besser geht. Wir würden nicht wollen, dass du hierbleibst, wenn du es nicht selbst willst.« In ihren Worten lag mehr Liebe, als ich es bei einem einzigen Menschen je für möglich gehalten hätte.

Sie klopfte mir auf den Rücken, und ich verschanzte mich in meiner Wohnzimmerfestung: ein braunes Sofa, auf der einen Seite ein Kamin, auf der anderen Seite ein Stapel Bücher aus der Bücherei. Ich versuchte, mich abzulenken und in ein Buch zu flüchten. Irgendwann zwischen dem Anfang und dem Ende der Geschichte, in die ich mich vertiefen wollte, tauchte plötzlich ein anderer Gedanke auf. Der Milchhof McCray war ohnehin nur ein Drei-Mann-Betrieb gewesen, bevor er seinen stärksten Mitarbeiter verloren hatte. Mein Großvater kämpfte hart und wollte sich nicht unterkriegen lassen. Wenn ich jetzt ging, müsste er die ganze Arbeit alleine machen. Er würde sich ziemlich einsam fühlen, und ich wollte ihn nicht im Stich lassen. Ich fragte mich, ob Grandpa den Betrieb ohne mich aufrechterhalten konnte, und bezweifelte, dass er sich eine Aushilfe leisten konnte.

SECHS

Jahrzehnte später musste ich meinen Sohn immer wieder auffordern, seine unvermeidlichen Kopfhörer abzunehmen, damit ich mit ihm reden konnte. Ich hörte mich an wie eine Schallplatte mit Sprung. »Todd, nimm die Dinger ab, damit du mich hören kannst.« Als ich dreizehn war, lautete der Refrain stets: »George, leg dein Buch zur Seite und komm her, damit wir mit dir reden können.«

Grandma Coras Stimme riss mich aus meinen Gedanken, und ich ging in die Küche. Sie räumte gerade die letzten Reste vom Abendessen weg, und Großvater las noch immer seine Zeitung. Ohne aufzublicken, fragte er mich:

»Taugt dieser namenlose Hund von Thorne etwas?«

»Sicher.«

»Wie ist er so?«

»Na ja, zurzeit ist er ausgehungert und fix und fertig.«

»Wir könnten ihn doch Tucker* nennen«, schlug

* Bedeutet so viel wie »Vielfraß«. Anm. der Red.

Grandma unvermittelt vor. »Ein passender Name, oder?«

Grandpa und ich grinsten, hatten aber nichts dagegen.

»Warum nicht?«, sagte ich.

Meine Großmutter trocknete sich die Hände an ihrer Schürze ab und sagte: »Ich möchte diesen Hund kennen lernen.« Sie hielt mir die Hintertür auf. »Warum kommst du nicht mit und zeigst ihn mir?«

Ich folgte ihr, denn ich war neugierig, wie sie den Hund finden würde. Sie kniete sich neben dem Setter auf den Boden, und er öffnete die Augen und sah sie vertrauensvoll an, während sie ihn sanft hinter den Ohren kraulte.

Auch mein Großvater stand vom Tisch auf und schloss sich uns an. Er lächelte, als Grandma mit dem Hund redete.

»Tucker, du bist ein feiner Hund.«

Es dauerte keine fünf Minuten, bis Tucker sich von der Veranda verabschieden und ins Haus umsiedeln durfte.

»George, bitte bring Tucker auf der Stelle hinein, damit wir uns anständig um ihn kümmern können.« Grandma folgte mir ins Haus und schüttete ein paar Essensreste in eine Metallschüssel. Tucker machte sich nicht die Mühe zu kauen, sondern schlang alles in einem Satz hinunter. Als er fertig war, legte er sich zu Grandmas Füßen, die sich zu Grandpa an den Tisch gesetzt hatte, und streckte zufrieden die Pfoten aus. Grandma kraulte ihn wieder hinter den Ohren, strich ihm über das rotbraune Fell und lobte ihn ständig ohne erkennbaren Anlass. Sie nannte ihn dabei so oft wie möglich bei seinem neuen Namen, offenbar um ihn daran zu gewöhnen. »Tucker, mein Goldjunge, braver Kerl … Tucker, es wird dir hier gefallen … hast du noch Hunger, Tucker?«

Ich ließ Grandpa in der Küche seine Zeitung lesen und verzog mich wieder ins Wohnzimmer. Ab und zu warf er Grandma einen Blick zu und zog eine Augenbraue in die Höhe, als sie nicht aufhörte, mit Tucker zu plappern.

Kurz bevor es Zeit war, ins Bett zu gehen, wurde meine ohnehin schon verkürzte Lesezeit wieder unterbrochen. Meine Großmutter war immer noch in der Küche und inzwischen in eine Diskussion mit meinem Großvater verwickelt, die bald den beiläufigen Ton verlor, den ich sonst gut beim Lesen ausblenden konnte. Ihre Stimme wurde lauter, und sie schien sich über irgendwas aufzuregen.

»All die Jahre hatte sich John einen Hund gewünscht, aber du bist bei diesem Thema immer stur geblieben – und jetzt bringst du einen Hund mit nach Hause. Hast du mal überlegt, was ich dabei empfinde?«

»Der Hund brauchte ein Zuhause. Was hätte ich denn tun sollen? Außerdem dachte ich, dass es George guttun würde.«

»George geht nach Minnesota, und dieser Hund muss zu Thorne zurück, wenn er aus dem Gefängnis kommt. Wie soll das denn gehen?«

»Nicht so laut, Cora, er hört uns sonst.«

Bald war aus der Küche ein ersticktes Schluchzen zu hören.

»Willst du, dass ich einen anderen Platz für den Hund finde?«

»Bo, darum geht es nicht.«

»Was dann?«, fragte er.

Ich hörte, wie sie leise aufseufzte. »Immer wenn ich unseren kleinen George anschaue, sehe ich John vor mir. Es zerreißt mir das Herz.« Unter Schluchzen versuchte sie, ihre Tränen zurückzuhalten. »O Bo, selbst Kleinigkeiten wecken Erinnerungen und lassen mich an John denken. Erst haben wir ihn verloren, und bald werden wir auch George verlieren. Wahrscheinlich bleibt er nicht einmal bis Weihnachten hier – er hat es mir vorhin gesagt. Mit dieser Farm wird es bergab gehen.«

»Sag so etwas nicht, Cora.«

»Was soll ich denn sonst denken? Mein Herz ist in Stücke zerrissen. Ich verstehe das nicht. Wie kannst du nur so ruhig bleiben?«

Auch mein Großvater seufzte tief auf, bevor er entschlossen fortfuhr: »Sieh mal, Cora. Wir können es uns einfach nicht leisten, eine Lawine loszutreten. Im Moment gibt es nichts, was ich sonst tun könnte.«

»Was meinst du damit, Bo?«

»Ein Verlust zieht den nächsten nach sich – und den nächsten, und ehe wir uns versehen, ist die ganze Familie mitgerissen. Und alles liegt in Schutt und Asche.«

Ich konnte der Versuchung nicht widerstehen und spähte unbemerkt in die Küche. Meine Großmutter hatte ihr Gesicht an der breiten Brust meines Großvaters vergraben. Sie umarmte ihn fester. »Ich weiß«, sagte sie bekümmert.

»So weit darf es nicht kommen. Ich muss stark bleiben – für dich, für George und für die ganze Familie.«

»Du bist mein Fels in der Brandung, das warst du schon immer. Nichts hat uns jemals von McCray's Hill vertrieben, und das wird auch in Zukunft so bleiben.«

Er zog sie näher an sich. »So weit lasse ich es nicht kommen.«

Er löste ein paar Haarnadeln aus ihrem Haar und ließ es auf ihre Schultern fallen, so wie sie es abends immer vor dem Schlafengehen trug. Mit einer tröstenden Geste strich er ihr mit den Fingern durch das Haar.

»Was soll ich nur tun? Ich kann so nicht weitermachen«, sagte sie

»Es ist November. Du wirst das tun, was du jedes Jahr machst.«

»Und das wäre?«

»Nachdem du das beste Thanksgiving-Festessen in ganz Cherokee County zubereitet hast, wirst du Wochen damit verschwenden, unsere ganze Weihnachtsdekoration aufzubauen, so wie du es immer machst.«

»Wie könnte ich das, ohne dass John und Sarah mir dabei helfen? Du weißt doch, wie sehr sie Weihnachten geliebt haben. Die Mädchen haben immer als Erste die Dekoration aus dem Keller heraufgeholt und die Lichterketten aufgehängt. Jetzt sind sie alle fort.«

»Ich werde dir helfen. George ist ja noch hier. Irgendwie werden wir es schaffen.«

»Es tut mir leid, aber im Moment kommt mir Weihnachten so oberflächlich vor.«

Er nahm ihr Gesicht in die Hände. »Ich kenne niemanden, der mehr Tiefgang hätte als du. Nichts ist oberflächlich daran, wenn wir unsere Traditionen aufrechterhalten. Vielleicht brauchen wir gerade das, um Halt zu finden. Du musst es für mich tun.«

Ich schlich mich nach oben. Ich wollte sie nicht stören und fühlte mich irgendwie schuldig, dass ich sie belauscht und beobachtet hatte. Es war erst November, aber ich fröstelte, als ich mich auszog, um ins Bett zu gehen. Tucker folgte mir die Treppe hinauf und schnüffelte in meinem Zimmer herum. Ich zog eine Decke aus dem oberen Fach meines Schrankes und breitete sie auf dem Boden aus. Er musterte sie misstrauisch und sprang dann auf mein Bett. Offensichtlich hatte er kein großes Interesse an kalten Eichenholzdielen. Nachdem ich das Licht gelöscht und Tucker ans Fußende bugsiert hatte, zog ich mir die Decke über den Kopf und versuchte, mich aufzuwärmen. Die Sache mit Minnesota ging mir nicht aus dem Kopf. Es war einfach, mir meine Mutter vor einem gemütlichen Kaminfeuer vorzustellen, zurück in ihrer geliebten Heimatstadt, die sie immer vermisst hatte, wie sie mit ihrer Familie und alten Freunden lachte und den Abend gemütlich vor dem Fernseher verbrachte. Hier schien niemand auf den Gedanken zu kommen, dass wir einen Fernseher brauchten. Ich liebte meine McCray-Großeltern von ganzem Herzen, aber ich hatte auch liebevolle Erinnerungen an die Peterson-Seite unserer Familie.

Die Eltern meiner Mutter wohnten in einem großen Haus in der Nähe von Minneapolis. Dort gab es nicht nur einen Fernseher, das Haus wimmelte auch von Cousins und Cousinen, unendlich vielen Freunden und Nachbarn. Es war ein wundervoller Ort, wo wir viele fröhliche Sommer verbracht hatten. Meine Mutter brauchte jetzt diese Liebe und den Rückhalt. Wie es um mich selbst stand, wusste ich nicht.

Als sie meinen Vater nach dem Krieg kennen gelernt hatte, war meine Mutter aus Liebe zu diesem Landjungen auf eine Farm gezogen, was ihr als Mädchen aus der Stadt nicht leichtgefallen war. Sie war damals freiwillig hierhergezogen, doch jetzt hatte das Leben auf der Farm keinen Sinn mehr. Jedenfalls nicht für sie. Die McCray-Farm war jetzt nur noch eine Ansammlung schmerzlicher Erinnerungen. Sie ließ sich darauf ein, dass ich ein paar Monate ohne sie zurechtkommen konnte. Meine Großeltern würden gut für mich sorgen, während sie mit ihrer restlichen Familie wieder in Minnesota Fuß fasste. Nach Weihnachten, das sie und meine Schwestern auf der Farm verbringen wollten, sollte ich mit ihr nach Minnesota gehen und ebenfalls einen Neuanfang machen.

Doch mir kam es wie ein Verrat an meinem Vater vor, wenn ich die Farm verließ. Ich hoffte, dass ich über dieses Gefühl vielleicht hinwegkommen würde, aber als die Wochen und Monate vergingen, änderte sich nichts daran. Ein Teil von mir klammerte sich noch immer an eine Hoffnung: Wenn ich nur genug Geduld hatte, dann würde mein Vater irgendwann einfach zur Küchentür hereinspazieren. Schließlich hatte er das jeden Tag gemacht, mein ganzes Leben lang. Er würde mit Grandpa Bo lachen. Sein Gesicht würde Spuren von der Arbeit im Freien tragen, kleine Dreckspritzer, Gras und Staub, die Schweiß und Sonne dort eingebrannt hatten. Er würde müde sein, aber es würde eine Müdigkeit sein, wie man sie nach einem anstrengenden Arbeitstag auf einer Farm verspürt: schmerzende Glieder, von der Sonne gebleichtes Haar und die unvermeidlichen Kratzer und kleinen Wunden, die man dabei davontrug.

In all den Jahren war mir nie jemand so lebendig vorgekommen wie mein Vater, wenn er am Ende eines Tages nach Hause kam. Wenn es geschehen sollte, wenn das alles wirklich nur ein langer, schrecklicher Albtraum war, dann wollte ich da sein, wenn die Hintertür ins Schloss fiel und er wieder in unser Leben trat.

Also blieb ich und wartete und tat so, als könnte es

schon am nächsten Tag so weit sein. Meine Mutter hatte mir deutlich gezeigt, dass sie mich nicht allein lassen wollte, aber sie hatte Verständnis dafür, dass ich noch ein paar Monate auf dieser Farm bleiben musste, und willigte ein. Deshalb packte sie mit meinem Einverständnis an einem Tag Anfang September ihre Sachen ins Auto und fuhr davon.

Nachdem mein Vater nicht mehr da war und meine Mutter weggezogen, um noch einmal neu anzufangen, meine Schwestern aufs College gingen und meine Großeltern nun versuchten, sich gegenseitig Halt zu geben, wusste ich nicht mehr, wo eigentlich mein Platz war. Ich wusste nur, dass ich sehr einsam war auf diesem windumtosten Hügel.

Bald hörte ich Schneeflocken und Graupelschauer wie Sandkörner gegen die Fensterscheiben trommeln. Es klang unheimlich. Tucker schlich sich von seinem Platz am Fußende zu mir und zwängte sich zwischen mich und die Wand. Er fühlte sich warm und tröstlich an.

Tuckers Aufstieg von der hinteren Veranda in unseren Wohnbereich war geschafft, aber meine Arbeit fing erst an. Sehr bald schon sollten sich die Dinge ändern.

SIEBEN

Tucker braucht auch sein Frühstück«, sagte meine Großmutter und stellte seine Schüssel auf den Küchenboden. Wir sahen zu, wie er begeistert sein Futter hinunterschlang.

»Er isst mehr als George!«

»Sehr lustig, Grandma.«

Mein Großvater stand am Küchenfenster und sah auf den Hof hinaus. »Es ist alles nur überzuckert«, sagte er, dann wandte er sich dem Hund zu und musterte ihn kurz. »Er sieht besser aus. Essen und kämmen kann bei Mensch und Tier gleichermaßen Wunder bewirken.«

Ich hatte gleich erkannt, über was für einen feinen Hund Thorne da gestolpert war. Als ich mich an diesem Morgen für die Schule fertig machte, war klar, dass meine Großeltern beide zu demselben Schluss gekommen waren.

Keiner im Haus brachte es fertig, an dem Hund vorbeizugehen, ohne ihn zu streicheln und eine anerkennende Bemerkung über sein Aussehen oder sein freundliches Wesen zu machen. Als ich an diesem Morgen aufstand, stolperte ich beinahe über ihn. Er hatte den

Rest der Nacht auf dem Boden neben meinem Bett verbracht. Es fühlte sich so normal, ja geradezu selbstverständlich an, einen Hund zu haben – es war, als hätten die McCrays plötzlich die Vorteile von fließendem Wasser erkannt.

Wenn ich jetzt zurückschaue, dann war Tucker die einzige lebendige Seele in unserem Haus, die nicht trauerte, und vielleicht fand er gerade deshalb so einfach seinen Platz in unseren Herzen und Gedanken. Wenn er mit dem Schwanz wedelte und zufrieden war, dann erinnerte er uns daran, wie Glück aussah und Freude sich anfühlte. In unserem Leben gab es eine große Leerstelle, und obwohl Tucker sie nicht ausfüllen konnte, deutete seine Gegenwart doch an, dass diese öden, leeren Räume irgendwann wieder erfüllt sein könnten. Er gab uns Hoffnung.

Am Donnerstagnachmittag, als ich meine Butterbrotdose und meine Bücher im Haus abgelegt hatte, lief ich mit Tucker über die Farm und erledigte mit ihm zusammen meine Pflichten. Ich war schon seit langem nicht mehr in der weiteren Umgebung der Farm herumgestreunt, und ich dachte, dass dies ein guter Tag war, um einen kleinen Ausflug zu machen. Großvater gesellte sich zu uns und schien etwas Bestimmtes im Sinn zu haben.

»Halt ihn einen Moment fest.« Er legte Tucker eine Schnur um den Hals und maß ungefähr die notwendige Länge ab, dann machte er einen kleinen Knoten in die

Schnur und stopfte sie in seine Tasche. »Ich habe in der Werkstatt ein paar Lederreste. Ich werde ihm ein Halsband machen. Möchtest du mir helfen?«

»Nein, ich glaube, ich mache einen langen Spaziergang mit ihm hinunter zum Fluss.«

Grandpa griff in seine Tasche und kramte einen Brief hervor. »Das hätte ich fast vergessen. Der ist von deiner Mutter.« Er reichte mir den dünnen Umschlag und das lange Seil, das wir noch immer als Leine benutzten. »Die nimmst du besser mit. Nur für den Fall, dass er versucht davonzulaufen. Lass ihn nicht in die Scheune, während ich melke. Ich will nicht, dass er die Kühe erschreckt.«

»Ich pass auf. Danke, Grandpa.«

Ich steckte das Seil und den Brief ein. Ich fragte mich, ob er gerne wüsste, was darin stand, und was es für ihn bedeutete, dass ich Grandma gesagt hatte, ich wollte die Farm noch vor Jahresende verlassen. Ich wusste, dass mir mein Großvater, genau wie meine Großmutter, das Gefühl geben wollte, dass ich hier bei ihnen immer ein Zuhause hätte. Ich wollte ihn auf keinen Fall verletzen.

Als Tucker und ich uns auf den Weg machten, ließ die tief stehende Sonne sein gekämmtes Fell in allen Brauntönen leuchten, von feurigem Orange bis Zimtfarben, was mich an den Herbst erinnerte. Die Wolken hingen tief, und der blaue Himmel schien ganz nah zu sein, gleichzeitig unendlich weit. Für November war es kalt, aber die Sonne schien, und ein leichter Wind blies den modrigen Duft von Holz vom Fluss herauf.

Als wir das Hofgelände verließen, kamen wir an Dick und Dock vorbei. Die beiden riesigen Tiere hatten ihren Kopf auf das oberste Seil der Umzäunung ihrer Koppel gelegt und ruhten sich aus. Tucker lief zu den beiden hinüber, um sie in Augenschein zu nehmen, aber als er zu nahe kam, traten sie mit den Hinterhufen und verschwanden im Stall.

»Komm, Tucker, gehen wir.«

Wir folgten dem Pfad nach Osten, der an Thornes Behausung vorbeiführte. Am Ende des Zauns bogen wir nach Süden ab und wanderten über die Heufelder hinunter zum Kill Creek. Als wir unter dem Zaun hindurchgeklettert waren, legte ich Tucker das Seil um den Hals, damit wir das Gehen an der Leine üben konnten.

Sobald wir am Fluss waren, ließ ich Tucker laufen und warf Kieselsteine ins Wasser. Während ich zählte, wie viele Sprünge die Steine schafften, versank Tucker bis zur Nasenspitze im Fluss. Er hielt gerade noch den Kopf über Wasser und schlabberte das kühle, trübe Wasser mit der Zunge.

Ich ließ mich auf einem kleinen Grasflecken am Ufer nieder, sah dem Hund beim Spielen im Wasser zu und sog den Duft der wilden Zwiebeln auf. Sie waren die letzten versprengten Pflanzen, die sich dem heranziehenden Winter noch immer tapfer widersetzten.

Ich zog den Umschlag aus meiner Tasche, holte den Brief heraus und fing an zu lesen:

Lieber George,

wir vermissen dich alle schrecklich, ganz besonders ich! Ich mag meinen neuen Job und kann immer noch nicht glauben, wie viel sie mir zahlen … dreimal so viel, wie ich bei der Telefongesellschaft als junges Mädchen verdient habe. Ich lege ein paar Bilder von deinem neuen Haus und deinem Zimmer bei. Ich dachte, du würdest es vielleicht gerne sehen, damit du dich gleich zuhause fühlst, wenn du heimkommst. Das Haus ist nur fünf Minuten von Grandpa und Grandma Peterson entfernt! Sie sind oft hier und können es kaum erwarten, dass du kommst. Wie läuft es auf der Farm? Ich bin sicher, dass deine Großeltern froh darüber sind, dass du dort bist, und ich weiß, dass sie dich sehr vermissen werden, wenn du gehst. Deshalb musst du ihnen versichern, dass wir sie alle so oft wie möglich besuchen werden! Trisha und Hannah genießen ihr Collegeleben – besonders seit sie an der Universität sind, auf der auch dein Großvater war, und deine Großeltern sie zu allen Heimspielen ihrer Footballmannschaft begleiten. Die Mädchen waren am Wochenende beide hier und haben darauf bestanden, dass wir »Georges Haferplätzchen« backen. Ich habe ihnen gesagt, dass ich sie erst backen werde, wenn wir sie mit dir teilen können.

Grandpa und Grandma Peterson lassen dich grüßen. Wir sehen uns an Weihnachten. Ich kann es kaum erwarten, du fehlst mir so sehr. Ich versuche dich anzurufen, ehe wir losfahren, damit wir zusammen planen und packen können …

In Liebe, Mom

P.S.: Wenn ich an Weihnachten nach Kansas komme, backe ich eine ganze Tüte Plätzchen für dich!

Ich faltete den Brief zusammen und steckte ihn wieder in meine Tasche. Das Haus auf dem Foto sah für unsere Verhältnisse riesig aus, und mein Zimmer war schon mit einer Tagesdecke mit Fußballmotiv und ein paar Bücherregalen ausgestattet. Ich hatte mir schon immer Bücherregale in meinem Zimmer gewünscht.

Als ich den Weg nach Norden einschlug, wurde die Luft kälter. Der Himmel war nicht mehr blau, sondern grau, und am Horizont türmten sich dunkle Wolken auf. Mit jedem Windstoß fielen auch die letzten Blätter zu Boden und fügten sich ihrem Schicksal. Leider war mein Leben nicht so klar vorgezeichnet. Kansas. Minnesota. Minnesota. Kansas. Wo war mein Platz?

Der Hund hatte seine Schnauze tief in ein Mauseloch gesteckt und wedelte rhythmisch mit dem Schwanz. Ich fragte mich, was Hunde eigentlich unter einem Zuhause verstehen und ob ich zu diesem Thema vielleicht etwas von Tucker lernen konnte.

»Komm, Tucker. Wir müssen gehen.«

ACHT

Schneetreiben!«, rief mein Großvater durch das Treppenhaus.

Heutzutage freuen sich Kinder, wenn die Erwachsenen von Schneetreiben reden, denn das bedeutet, dass die Schule ausfällt und sie ausschlafen und von einem Tag mit Schlittenfahren und Schneeburgbauen träumen können. Aber damals hatte dieses Wort in unserem Haus eine ganz andere Bedeutung. Es hieß nicht unbedingt, dass die Schule ausfiel. Freitagmorgens um halb fünf wollte ich eigentlich gar nicht wissen, was es bedeutete.

Tucker schlief am liebsten bei mir im Bett, und ich war froh, im Morgengrauen ein warmes Fell neben mir zu spüren. Er schien seinen Teil dazu beitragen zu wollen, dass ich rechtzeitig aufstand. Sosehr ich mich bemühte, er ließ sich nicht ignorieren. Sobald er meinen Großvater rufen hörte, fing er an zu gähnen, kratzte und streckte sich.

Meine Großmutter war schon in der Küche. Der Duft von Kaffee, Bratkartoffeln und Speck stieg mir verlockend in die Nase, aber ich blieb noch ein paar kostbare Minuten in die warmen Decken eingehüllt liegen.

Noch ein anderes Geräusch war an diesem Novembermorgen nicht zu überhören: Das dumpfe Rumpeln des Dieselmotors, als der Maintainer zum ersten Mal gestartet wurde. Sobald der Motor warm gelaufen war, wich das krächzende Husten dieses alten Eisendrachens einem Fauchen, das an diesem kalten Wintermorgen fehl am Platze schien.

Ich hörte, wie mein Großvater den Leerlauf einlegte, um den Motor aufzuwärmen, oft ließ er ihn eine halbe Stunde lang laufen, vor allem an besonders kalten Tagen. Die Tür des Führerhäuschens wurde zugeschlagen. Grandpa war auf dem Weg zum Haus, um sich zu überzeugen, dass ich auch wirklich aufgestanden war. Ich brauchte gar nicht erst die Vorhänge aufzumachen, ich wusste, was mich draußen erwarten würde – Schnee.

Tucker war inzwischen hellwach und spürte, dass etwas in der Luft lag. Er spitzte seine samtigen, rotbraunen Ohren, als wollte er sagen: »Was soll das heißen – Schneetreiben?«

Die Hintertür zur Küche wurde zugeschlagen, und Großvater schrie noch einmal die Treppe hinauf: »Schneetreiben!« Ich war inzwischen auch hellwach. Ich wusste, dass ich die Aufgaben meines Vaters übernehmen und mich um das Melken am Morgen kümmern musste, damit Grandpa genug Zeit hatte, um seine Aufgabe zu erledigen – und das alles, bevor ich in den Bus stieg und einen vollen Schultag absolvieren musste.

Tucker sprang vom Bett. Er spürte, dass es Arbeit gab, und sah mich an. Ich meinte zu hören, wie er sagte: »Los! Hast du nicht gehört? Schneetreiben!«

»Fang du nicht auch noch an! Okay, okay!« Irgendwo zwischen Grandpas Rufen und Tuckers Zureden überwand ich meine pubertäre Bockigkeit, mit der ich reagiert hatte, als Grandpa Bo mir die zusätzlichen Pflichten am Morgen angekündigt hatte. Tucker hatte mich angestachelt, und ich empfand die Aufgabe jetzt eher als Herausforderung denn als ungerechte Zumutung. Ich würde den Erwartungen genügen – mangelnder Schlaf und Kälte hin oder her.

Ich quälte mich aus dem Bett und zog eine lange Unterhose unter meine Jeans, damit ich nicht fror. Die ganze Zeit über strich Tucker ungeduldig um mich herum. Ich schimpfte: »Sieh mal, Tucker, ich habe kein Fell wie du. Ich muss diese Sachen anziehen. Du musst eben so lange warten.«

Ich spähte in den Luftschacht im Boden, der die Wärme aus der Küche in mein Zimmer leitete und zugleich als inoffizieller Kommunikationsweg diente, und brüllte hinein: »Bin gleich so weit, Grandpa!«

Tucker und ich rannten die Treppe hinunter und stürzten voller Arbeitseifer in die Küche, in der es mollig warm war. Meine Großmutter umarmte mich, als hätte sie mich schrecklich vermisst. Ihre Zuneigung vertrieb die letzte Kälte aus der eisigen Morgenluft. Sie hatte Winterkleidung angezogen, um mir beim Melken zu helfen.

»Schneetreiben«, wiederholte sie und hielt mich fest. Ich aß rasch. Grandma Coras Essen sättigte und wärmte mich wie ein Öfchen in meinem Magen, für viele Stunden – vielleicht sogar ein Leben lang.

Zwanzig ungeduldige Kühe mussten gemolken werden, und uns blieben nur zwei Stunden Zeit, ehe ich mich für die Schule fertig machen musste. Also machten Grandma und ich uns noch vor dem Morgengrauen ans Werk. Zuerst füllte Grandma zwei Eimer mit heißem Wasser im Spülbecken in der Küche und mischte die Spezialseife unter, mit der wir die Euter der Kühe säuberten, um alle Bakterien abzutöten, die die Milch verunreinigen könnten. Ich tätschelte Tucker den Kopf und erinnerte ihn daran, dass dies die einzige Aufgabe war, bei der er nicht mithelfen konnte.

Wir zogen unsere Stiefel an und gingen zur Hintertür hinaus. Jeder trug einen Eimer heißer Seifenlauge, die auf dem Weg hinunter zum Schuppen in der kalten Morgenluft dampfte. Die Kälte, die uns entgegenschlug, ließ uns zusammenfahren.

Der Hof wurde von Scheinwerfern erhellt, so dass wir sehen konnten, wie heftig es schneite. Es lagen schon mindestens fünf Zentimeter Schnee.

Ich zog meine warmen Fäustlinge aus, schob den Riegel zurück und öffnete das südliche Scheunentor. Während ich die ersten sechs Kühe hereinließ, schüttete Grandma ihnen das Futter in die Tröge. Trotz ihres nicht gerade abwechslungsreichen Speiseplans machten sich die Kühe gierig über den Frühstückstisch her. Um den Trog zu erreichen, steckte jede Kuh ihren Kopf durch das Melkgatter, das ich hinter ihr schloss, damit sie an Ort und Stelle blieb.

Wir könnten uns glücklich schätzen, sagte zumindest mein Großvater, denn auf der Liste der besten modernen Erfindungen stünde die automatische Melkmaschine der Firma Babson Brothers gleich an dritter Stelle nach dem Rad und dem fließenden Wasser im Haus.

Die Milch unserer Kühe floss erst in einen großen, rostfreien Metallbehälter, der an die Maschine angeschlossen war. Für Laien sah er wahrscheinlich aus wie ein riesiges stählernes Pissoir mit Motor.

Während ich einer Kuh nach der anderen die glorreiche Erfindung der Babson Brothers überstreifte, säuberte meine Großmutter die Euter und bereitete alles für das Melken vor. Mein Vater und mein Großvater wären ihr fachmännisch zur Hand gegangen, aber mit meinen steif gefrorenen Fingern und wenig Erfahrung stellte ich mich ungeschickt an. Es war halb sieben, als Grandma und ich endlich die Scheunentore schließen konnten und die Arbeit erledigt war.

Um Viertel nach sieben an diesem tief verschneiten Freitagmorgen stand ich umgezogen an der Straße und wartete auf den Bus. Weit entfernt im Westen konnte ich das Dröhnen unseres Maintainers hören, wie er dem ersten Schnee zu Leibe rückte und ihn am Straßenrand zu Wällen auftürmte. Wenn es noch ein bisschen mehr geschneit hätte, wäre mir dieser Schultag erspart geblieben. Der Winter hatte gerade erst angefangen, seine Krallen zu zeigen.

NEUN

»Aufwachen, McCray!«

Mary Ann Stevens, die auf der anderen Seite im Bus saß, versuchte, mich wachzurütteln. Sie hatte ihr Haar zu einem Pferdeschwanz gebunden. Obwohl sie ein Jahr älter war, war sie nicht zu hochnäsig, um sich mit einem Siebtklässler wie mir abzugeben. Ich unterhielt mich gerne mit ihr im Bus, und sie schien genau die Lücke zu füllen, die meine Schwestern hinterlassen hatten. Sie schüttelte mich noch einmal. »Wir sind fast da.«

Ungläubig öffnete ich die Augen. »Schon?«

Der Bus hatte den Highway genommen und die Crossing Trails Central School erreicht, wo alle Jahrgangsstufen von eins bis zwölf untergebracht waren. Die Schule war erst ein paar Jahre alt. Ich konnte mich noch erinnern, wie meine Schwestern auf ihren Ponys zu der vielleicht drei Kilometer entfernten Zwergschule geritten waren, in der es nur ein einziges Klassenzimmer gab, bevor die Schulen in den ländlichen Bezirken in den späten 50er-Jahren zusammengelegt wurden.

Die Straße zur Schule war an diesem Morgen geräumt, denn der Maintainer hatte erst eine Stunde zuvor eine Schneise durch den Schnee geschlagen. Ich hatte meine Stirn an die kühle Fensterscheibe gelehnt und den ganzen Weg über geschlafen. Der erste Wintereinbruch hatte mich völlig geschafft.

Mary Ann hörte nicht auf, mich zu necken, als ich aus dem Bus stolperte. »Du Schlafmütze, ich habe mich eine viertel Stunde lang mit dir unterhalten, bis ich gemerkt habe, dass du schläfst.«

»Hast du zur Abwechslung mal etwas Interessantes gesagt?«

»Das wirst du nie erfahren.«

»Wenn ich das nächste Mal Probleme habe einzuschlafen, weiß ich ja, an wen ich mich wenden muss«, konterte ich.

Eigentlich hatte ich immer gedacht, dass meine Lehrerin, Mrs Weeks, mir wohlgesinnt war. An diesem Morgen musste ich feststellen, dass ich mich geirrt hatte. Ich hatte gerade meinen Mantel ausgezogen, als sie schon aufgeregt ankündigte: »Hört mal alle her, die Hauptrolle in unserer jährlichen Theateraufführung geht an …« Sie legte eine dramatische Pause ein, während die Mädchen anfingen zu kreischen, als ginge es darum, Prinzessin von Kansas zu werden. »George McCray«, strahlte sie. »Du wirst die Rolle des Erzählers übernehmen, den Weihnachtsmann. Toll, was?«

Nein, furchtbar. Ich lächelte höflich und versuchte, ein Stöhnen zu unterdrücken. Letzte Woche hatte sie das Theaterstück bereits erwähnt, und ich hatte mir ausgerechnet, dass ich höchstens zum Kulissenaufbau oder Ähnlichem verdonnert werden würde. Und jetzt das. Es würde mich Zeit und Mühe kosten, den Text auswendig zu lernen – zusätzlich zu meinen anderen neuen Verpflichtungen. Ihre Neuigkeiten waren für mich kaum Anlass zum Feiern. Die Jungs in meiner Klasse kicherten, ich hätte das »große Los« gezogen, bis Mrs Weeks anfing, sie wahlweise als Elfen, Rentiere und Engel einzuteilen, was noch viel peinlicher war.

Mrs Weeks hatte offenbar angenommen, dass mir als Leseratte eine Hauptrolle Freude machen und das erste Weihnachtsfest ohne meinen Vater zumindest ein wenig aufheitern würde. Wenn Dad da gewesen wäre, hätte er mir beim Auswendiglernen geholfen, und meine Mutter hätte mir ein Kostüm genäht und einen langen weißen Bart gebastelt. Aber so würde es dieses Jahr bestimmt nicht werden.

In einem Punkt hatte meine Lehrerin Recht – ich las für mein Leben gern, und ich war einer der besten Vorleser auf der Crossing Trails Central School, sogar besser als mancher Oberschüler. Ich musste mich nicht an die Vorschriften von Mrs Weeks halten, sondern durfte mir aussuchen, was mich interessierte, von Zane Grey über Walter Farley, Dickens bis zu Defoe. Das Lesen war eine Leidenschaft, die ich von meinem Vater geerbt hatte.

Vater war nie aufs College gegangen, aber er war deswegen nicht ungebildet, im Gegenteil. Er bestand darauf, dass wir die Schule ernst nahmen. Er las Taschenbuchromane, alles von Klassikern bis hin zu Krimis und Unmengen von Zeitschriften, seine Favoriten waren *Popular Mechanics*, *Sports Illustrated*, *Time* und *Scientific American*. Und er merkte sich alles, was er las.

Von einem weißhaarigen Händler, der in einem langen schwarzen Buick durch die Gegend fuhr und einen gestreiften Anzug mit roter Krawatte trug, kaufte er die *Encyclopaedia Britannica* für uns. Der Händler schwor Stein und Bein, dass diese Lexikonbände den McCray-Kindern garantiert den Weg zum Erfolg ebnen würden.

Drei Jahre lang blieb mein Vater bis in die Nacht auf, um alle Bände zu lesen. Am Morgen hatte er dann immer die unterschiedlichsten Themen im Kopf. Beim Frühstück konnte sich das Gespräch genauso um den Weizenpreis und das Wetter wie um die Futtergewohnheiten von Orang-Utans und Anbaumethoden eines israelischen Kibbuz in der Negev-Wüste drehen. Meine Schwestern gaben sich normalerweise immer gelangweilt, aber Mom mahnte dann: »Ruhe, ihr beiden. Es wird euch nicht schaden, etwas zu lernen.«

Jeden Abend las mein Vater mir und meinen Schwestern Geschichten vor, auch als die Mädchen behaupteten, dass sie dafür schon zu alt wären. Mom kam hin und wieder ins Zimmer und lächelte still vor sich hin. Ich glaube, es machte ihr ebenso viel Freude, ihm beim Vorlesen zuzusehen, wie es uns Freude machte, eine Geschichte zu hören. Mein Vater wählte lustige Abenteuergeschichten, Tierfabeln, Klassiker und sogar Märchen aus, und wir drei waren mit seiner Wahl immer einverstanden. Diese abendlichen Lesestunden vermisste ich mit am meisten, als Dad nicht mehr da war.

Auch wenn es keine angemessene Entschädigung dafür war, im Theaterstück mitspielen zu müssen, gab uns Mrs Weeks später an diesem Tag frei und forderte uns auf, schon mal mit dem Auswendiglernen unseres Textes anzufangen. Aber ich beschloss, einen Brief an meine Mutter zu schreiben. Wir mussten einiges klären.

Mom,

ich hatte eine anstrengende Woche. Ich habe dich sehr vermisst. Ohne dich und Dad ist es hier auf der Farm nur halb so schön. Heute musste ich um halb fünf aufstehen, um die Kühe zu melken, und Grandpa musste UNMENGEN von Schnee wegräumen. Es ist gar nicht so schlimm, so früh aufzustehen, aber Spaß macht es nicht gerade. Ich kümmere mich um Frank Thornes Hund. Wir haben ihn Tucker genannt – soweit ich weiß, hat Mr Thorne ihn nie bei einem Namen gerufen –, und ich mag ihn sehr. Ich habe im Theaterstück an der Schule die Rolle des Weihnachtsmanns bekommen. Grauenhaft, aber Eddie Sampson hat es noch schlimmer erwischt. Er muss einen Elfen spielen und rote Strumpfhosen tragen. Happy Thanksgiving – bei uns wird nicht viel los sein, aber wir können es alle gar nicht erwarten, dass ihr endlich an Weihnachten kommt.

Ich liebe dich und vermisse dich so sehr,
George

Ich nutzte den Brief zwar als Ventil, um Dampf über die zusätzliche Arbeit abzulassen, aber eigentlich wollte ich Mom nur sagen, wie sehr ich sie liebte und vermisste. Ich schrieb absichtlich nichts davon, dass ich es kaum erwarten konnte, nach Minnesota zu ziehen und dass ich ernsthaft mit dem Gedanken spielte, ihr Angebot mit dem Busticket anzunehmen. Wenn ich es niedergeschrieben hätte, wäre es mir wie eine verbindliche Zusage vorgekommen, und ich war noch nicht bereit, mich wirklich damit auseinanderzusetzen. Ich hatte immer noch leise Bedenken, was aus McCrays Milchhof werden würde, wenn ich wegging. Wie sollten Grandpa Bo und Grandma Cora alleine auf der Farm zurechtkommen?

Als ich an diesem Nachmittag mit dem Bus nach Hause fuhr, versuchte ich, meinen Text auswendig zu lernen, aber ich konnte mich nicht richtig konzentrieren. Mir kam der Gedanke, dass ich um das Theaterstück und die Rolle des Weihnachtsmanns herumkommen würde, wenn ich Kansas noch vor Weihnachten verließe. Andererseits konnte ich doch nicht alles hinter mir lassen, nur um das Auswendiglernen von ein paar Sätzen zu vermeiden. Der Wind rüttelte am Bus, und wir mussten langsam fahren, um den Schneeverwehungen auszuweichen. Ich wusste, dass mein Großvater bis spät in die Nacht unterwegs sein würde. Aber ich wusste nicht, dass er schon bald einen unfreiwilligen Helfer haben würde.

ZEHN

Grandma, heute schaffe ich das Melken allein.«

Mit dem Brief an meine Mutter hatte ich mir meinen Groll zum großen Teil von der Seele geschrieben. Außerdem war Samstag, und damit hatte ich jede Menge Zeit.

»Danke, George. Ich kann eine Pause gut gebrauchen.« Sie setzte sich auf ihren Stuhl, zog Tucker zu sich heran und kraulte ihn hinter den Ohren. »Tucker und ich werden eine Tasse Kaffee trinken und auf den Sonnenaufgang warten.«

Als ich die Arbeit erledigt hatte, machte ich es mir drinnen gemütlich, was mich aber schnell langweilte. Also beschloss ich, mit Tucker spazieren zu gehen. Dieser Teil der Hundebetreuung machte mir am meisten Spaß. Auch Tucker war gerne draußen, sogar so gerne, dass es fast grausam gewesen wäre, ihn in den kommenden Monaten im Haus zu behalten. An diesem Samstag machten wir uns auf den Weg an einen Ort, den wir immer wieder gerne aufsuchten.

Meine Familie hatte diesen Ort immer Mack's Ground genannt. Mack war ein früher Siedler gewesen und schon lange tot. Vor Jahrzehnten war dieses Land in den Besitz seiner Nachkommen übergegangen, aber sie lebten in Texas und machten sich nicht viel aus ihrem Grundstück in Kansas. Also erklärten Tucker und ich es zu unserem privaten Spielplatz.

Mack's Ground bestand aus tausend Morgen Wald mit Bächen und abgeschiedenen Wiesen. Das Gebiet grenzte östlich an Thornes Haus und dehnte sich kilometerweit aus. Es war voller Geheimnisse und uralt. Es machte Spaß, in Macks verfallenem Haus zu stöbern, aber mein Lieblingsplatz war Mack's Lake. Dieser kleine See war von Wald umgeben und voller Barsche und Enten. Er war im Rahmen einer Arbeitsbeschaffungsmaßnahme in den 30er-Jahren angelegt worden. Das Ufer war von Steinen gesäumt und eignete sich daher perfekt als Angelplatz.

Mein Großvater hatte mir erzählt, dass damals viele Seen angelegt worden waren, nur um die Leute zu beschäftigen. Als junger Mann hatte er in seiner freien Zeit selbst ein paar Pferde gehalten, die an mehreren Baustellen eingesetzt wurden, auch am Mack's Lake.

Ich machte mir nicht viel aus der Jagd, aber Tucker stöberte eifrig Kaninchen oder Wachtelnester auf. Einem Eichhörnchen oder Murmeltier nachzusetzen machte ihm weit mehr Spaß, als mit mir herumzutollen.

Der schönste Teil unseres Spaziergangs war immer der Weg zum See, und dort beendeten wir stets unsere nachmittäglichen Entdeckungsreisen. Tucker spielte gerne am Ufer. Noch war der See nicht zugefroren, ich ließ Steine über seine klare Oberfläche hüpfen und sah den Wolken zu, die wie eine wilde Herde weißer Hengste über den See jagten.

Während die Steine über das klare Wasser sprangen, dachte ich über die Ereignisse der letzten Woche nach und nahm mir vor, meinem Vater von dem Theaterstück in der Schule zu erzählen. Dann fiel es mir wieder ein. Ich setzte mich auf den Boden und fühlte mich unendlich leer. Die Welt war so groß, und ich war nur ein winzig kleiner Bewohner.

ELF

Thanksgiving kam und ging, und es wurde tatsächlich ein sehr ruhiges Fest. Nur wir drei mit Tucker und zu viel Essen, das meistens in Grandmas Bratensoße schwamm. Der Schnee war gekommen und wieder gegangen, aber es war erst Mitte Dezember, und wir mussten uns auf einen neuen Wintereinbruch gefasst machen.

Eines Nachmittags, als es wieder schneite und ich mit Tucker von Mack's Lake zurückkam, hörte ich das Telefon klingeln. Wenige Augenblicke später erschien meine Großmutter auf der hinteren Veranda. »George, deine Mutter ist am Telefon. Ein Ferngespräch!«

Ich klopfte mir den Schnee von den Stiefeln und rannte ins Haus, um den Anruf aus Minnesota entgegenzunehmen. Heutzutage ist ein Ferngespräch alltäglich, aber 1962 war das ein Ereignis.

Es kam mir vor wie eine Szene aus meinem früheren Leben – ich hatte draußen gespielt und unterhielt mich danach mit Mom. Aber es gab einen Unterschied. Ihre Stimme war jetzt voller Trauer.

»Ich habe deinen Brief bekommen. Du fehlst mir auch sehr, George.«

»Danke, Mom.«

Es hörte sich an, als hätte sie geweint, bevor sie angerufen hatte.

»Ich habe in letzter Zeit nicht das Gefühl, eine besonders gute Mutter zu sein«, fuhr sie fort. »Ich bin einfach hierher nach Minnesota abgehauen und habe dich allein gelassen. Ich weiß nicht, was ich mir dabei gedacht habe.«

»Das ist schon in Ordnung. Ich wollte es doch so. Erinnerst du dich?«

»Ich dachte, es wäre das Beste für dich, bei Grandpa und Grandma zu bleiben. Aber vielleicht stimmt das gar nicht. Ich wollte dich nicht voreilig von deinen Großeltern und der Farm wegzerren, aber vielleicht solltest du jetzt herkommen und nicht bis zum Ende des Schuljahres warten. Was meinst du?«

Ihr Vorschlag entsprach eigentlich meinen Überlegungen, aber ich zögerte. Ich war noch nicht so weit, alles stehen und liegen zu lassen, und in diesem Moment beschloss ich, so lange zu bleiben, wie ich ursprünglich geplant hatte.

»Mom, es sind nur noch ein paar Wochen bis Weihnachten«, fing ich an.

»Kannst du so lange warten, George?«

»Ja, mir geht's gut«, versicherte ich, aber sie schien keineswegs überzeugt.

»In Ordnung. Ich denke, ich kann auch noch so lange warten. Wir werden zusammen ein schönes Weihnachtsfest feiern und dann nach Hause fahren. Und jetzt erzähl mir von Frank Thornes Hund.«

Ich war heilfroh, das Thema wechseln und über Tucker sprechen zu können.

»Er ist wahrscheinlich der beste Hund auf der ganzen Welt. Tucker begleitet mich überallhin, außer in die Schule, und Grandma sagt, dass er eine Stunde lang hinter mir her winselt.«

»Das klingt ja wunderbar. Ich bin schon sehr gespannt auf ihn. Sag mal … was wünschst du dir zu Weihnachten?«

Zum ersten Mal in meinem Leben hatte ich darüber noch nicht nachgedacht. Ich wusste sehr wohl, was ich haben wollte, aber das konnte mir niemand schenken. »Ist mir egal. Irgendwas.«

»George, du bist nicht sehr gesprächig heute. Bist du sicher, dass alles in Ordnung ist?«

»Klar, Mom, ich denke schon.«

»Freust du dich darauf umzuziehen?«

»Klar, Mom, ich denke schon.«

»Ist das alles, was dir dazu einfällt?«

Ich lachte. »Klar, Mom, ich denke schon.«

»Gut, dann richte deinen Großeltern Grüße aus, wir sehen uns bald. Ich liebe dich, George.«

»Ich liebe dich auch, Mom.«

Nicht einmal eine Stunde später klingelte das Telefon wieder. Grandpa war noch immer draußen bei der Arbeit, deshalb hinterließ der Sheriff eine Nachricht.

Thorne sollte aus dem Gefängnis entlassen werden, sein Prozess war schon für die nächste Woche angesetzt. Meine Großmutter vermerkte den Verhandlungstermin und die Uhrzeit auf dem Kalender, der immer neben dem Telefon lag.

Ich wollte es gar nicht wissen.

ZWÖLF

Es war bereits neun Uhr abends, als mein Großvater den Maintainer im Hof parkte, nachdem er die Straßen ein letztes Mal geräumt hatte, und für ein verspätetes Abendessen das Haus betrat. Ich hatte am Abend mit Grandma Coras Hilfe die Kühe gemolken. Tucker mochte es überhaupt nicht, wenn er alleine bleiben musste und wir ihn auf der hinteren Veranda anbanden oder in die Küche sperrten. Aber es blieb ihm nichts anderes übrig. Hunde und Milchvieh gingen nun einmal nicht zusammen.

»Es schneit immer noch«, sagte Grandpa statt einer Begrüßung, obwohl uns das nicht entgangen war. Tucker fing ihn schon an der Küchentür ab und wedelte mit dem Schwanz, als wäre er froh darüber, dass mein Großvater es heil nach Hause geschafft hatte. Großvater beugte sich hinunter und vergrub seine kalten Hände tief in Tuckers Fell. Er zog ihn zu sich heran und gestattete ihm, an seinen grauen Bartstoppeln zu schnüffeln.

»Wie hoch liegt der Schnee?«, fragte ich.

Mein Großvater richtete sich auf und warf mir von der Tür einen erschöpften Blick zu. »Zwanzig Zentimeter in den letzten beiden Tagen, die Schneeverwehungen sind höher. Wie lief es mit dem Melken?«

Meine Großmutter antwortete an meiner Stelle. »Keine Sorge, Bo, George hat alles im Griff.«

Mein Großvater war kein großer Redner, weshalb es mühsam war, ein Gespräch mit ihm in Gang zu bringen. Selbst provokante Bemerkungen wie »Wie steht's mit den Yankees?« zeitigten wenig Erfolg. Seit mein Vater nicht mehr da war, redete er noch weniger. Das Gute daran war, dass mein Großvater Bo wirklich etwas zu sagen hatte, wenn er schon mal den Mund aufmachte. Dann hielten alle Anwesenden inne und hörten aufmerksam zu.

Nun sagte er eine ganze Weile gar nichts. Schließlich nickte er ein paarmal nachdenklich und meinte: »Gut.«

»Ob morgen Schule ist?«, überlegte ich laut.

Nach dem Essen rief mein Großvater als Erstes den Schuldirektor von Crossing Trails, Mr Bangs, an. Mr Bangs richtete sich immer nach der Einschätzung meines Großvaters, ob die Straßen für die Schulbusse sicher zu befahren waren. Derjenige, der im Weißen Haus den sprichwörtlichen roten Knopf drückt, war nichts dagegen. In meinen Augen war mein Großvater der mächtigste Mensch der Welt. Er war derjenige, der den Telefonhörer abnehmen und sagen konnte: »Die Schule fällt aus.«

Auch wenn ich bei starkem Schneefall den morgendlichen Melkdienst übernehmen musste, bedeuteten Schulausfall und zusammengebrochene Telefonleitungen ein aufregendes Abenteuer für mich. Es war ein fairer Handel. Ich würde mit Tucker einen Schneespaziergang zu Mack's Ground machen. Im Schnee waren Fährten leichter zu lesen, was mir wesentlich mehr Spaß machte, als meinen Text für das Schultheater auswendig zu lernen.

»Grandpa«, fing ich an, denn ich dachte, dass ein kleiner Hinweis von mir nicht schaden könnte.»Denk nur, wie schlimm es wäre, wenn ein Schulbus im Schnee stecken bleiben würde. All die armen kleinen Erstklässler – sie würden erfrieren, wenn sie durch einen halben Meter Schnee stapfen müssten.«

Er brummte nur: »Danke für deine Fürsorge, George, aber ich sagte zwanzig Zentimeter, nicht einen halben Meter.«

Nachdem ich ein wenig in meinen Büchern geschmökert und meine Kleidung für den nächsten Tag zum Wärmen neben den Heizungsschacht gelegt hatte, ging ich ins Bett und versuchte einzuschlafen. Tucker würde nachkommen, wenn er so weit war. Durch den Schacht konnte ich meine Großeltern in der Küche reden hören. Wenn ich die Ohren spitzte, konnte ich ungefähr verstehen, worum es ging.

»Wenn das so weitergeht, dann ist in weiten Teilen des Landes für den Notarzt und die Feuerwehr kein Durchkommen mehr.«

Meine Großmutter klang besorgt. »Vielleicht braucht

jemand Medikamente. Manche Familien haben vielleicht wochenlang keine Lebensmittel und keinen Strom. Vielleicht fällt bei uns die Heizung aus. Und dann frieren die Wasserleitungen zu.«

»Es kommt noch mehr, Cora. Vielleicht wird das der schlimmste Winter seit 50 Jahren.«

Ich lauschte, wie es wohl jedes Kind in meinem Alter getan hätte, denn ich wollte wissen, ob sie noch etwas zu einem anderen Thema sagen würden, das mir wichtig war.

Solange ich denken kann, war Weihnachten immer das Ereignis des Jahres für mich gewesen. Meine Mutter hatte es kurz am Telefon erwähnt, aber ansonsten hatte noch niemand in diesem Haus ein Wort darüber verloren. Dabei waren es nur noch zwei Wochen bis dahin. In diesem Jahr wusste ich nicht, was ich von Weihnachten halten sollte.

Was ich mir wünschte, konnte schwerlich unterm Weihnachtsbaum liegen. Das war eine wichtige Erkenntnis, als ich an diesem Abend im Bett lag und über meine Wunschliste nachdachte. Kann man sich sein altes Leben zurückwünschen? Warum konnte nicht wieder alles so sein wie früher, als mein Vater noch bei uns war und wir alle unter einem Dach lebten?

In diesem Jahr konnte ich Weihnachten nichts abgewinnen. Wie auch, schließlich war ich dreizehn Jahre alt und wusste ganz sicher, dass ich das, was ich mir wünschte, auf keinen Fall bekommen konnte.

Während ich darüber nachdachte, dass das, was ich mir wünschte, nicht in Erfüllung gehen würde, kam mir ein anderer unerfreulicher Gedanke. Jeder Mensch steht irgendwann einmal an diesem Punkt, und man vergisst, wie schmerzlich diese Erkenntnis das erste Mal ist. Aber so weh die Erfahrung auch tut, wahrscheinlich ist sie der erste und wichtigste Schritt zum Erwachsenwerden.

Ich kann mich noch sehr gut daran erinnern, wie mir das in dieser Nacht bewusst wurde. Wenn man zu Weihnachten nicht das bekommt, was man sich wünscht, ist das eine gute Lehre fürs Leben, mit dem ein Erwachsener zurechtkommen muss.

In meinem jugendlichen Gemüt formte sich immer deutlicher die Einsicht, dass uns das Leben nicht immer mit dem ausstattet, was wir wollen oder meinen haben zu müssen. Wir müssen gezwungenermaßen von der Hoffnung Abstand nehmen, dass die anderen unsere Wünsche erfüllen. Wir müssen versuchen, aus eigener Kraft glücklich zu werden. Der Weihnachtsmann ist der letzte Überrest des naiven Kinderglaubens, dass irgendeine Macht wie von Zauberhand alle unsere Wünsche erfüllt.

Wieder war eine Regel außer Kraft gesetzt worden, die ich für unverrückbar gehalten hatte. Weihnachten würde diesmal nicht das Ereignis des Jahres für mich werden. Ich hatte das Gefühl, mitten in einem großen Wildwestroman zu stecken, und auf Seite 100, als ich gerade mein Streitross in Siegerpose über eine stürmische Hügelkuppe führe, nachdem ich die Bösen in die Flucht geschlagen habe, hat plötzlich jemand 50 grauenhaft trostlose Seiten von Charles Dickens eingefügt und mein perfektes Leben zerstört.

Warum konnte nicht einfach alles so sein wie früher? Ich war an jenem schwierigen Punkt zwischen Kindheit und Erwachsenwerden angekommen, an dem ein Kind merkt, dass es nicht der Mittelpunkt der Welt ist und vom Leben nichts zu erwarten hat als das, was es aus eigener Kraft erreicht. Von meinem noch recht kindlichen Standpunkt aus gesehen war Weihnachten zum Scheitern verurteilt, weil mir niemand meinen Wunsch erfüllen konnte.

Endlich hatte Tucker sich entschlossen heraufzukommen. Er jaulte und wedelte mit dem Schwanz, und ich lockte ihn auf mein Bett. Er konnte alleine hinaufspringen, aber normalerweise wartete er, bis ich ihm die Erlaubnis dazu gab. »Los, Tucker, grünes Licht!«

Sein warmer Körper gab mir ein Gefühl von Sicherheit. Ich zog ihn zu mir heran und vergrub mein Gesicht in seinem Fell. Ich musste diesen Winter irgendwie überstehen, es nützte alles nichts. Ich musste wohl oder übel akzeptieren, dass die Dinge eben nicht immer so liefen, wie sie sollten. Vielleicht war das ja die neue Regel.

Wir lagen eine Weile ruhig da, aber als ich gerade einschlafen wollte, kam das dicke Ende.

»Cora.« Ich hörte die Worte durch den Schacht.

»Ja?«

»George hat seine Sache mit Tucker großartig gemacht.«

»Ich weiß.«

»Ich bin stolz auf ihn.«

»Ich auch.«

Es folgte eine kurze Pause, dann stiegen die Worte meines Großvaters durch den Heizungsschacht zu mir herauf wie dicker, schwarzer Rauch.

»Morgen ist Thornes Verhandlung. Angenommen, er kommt nach Hause, dann will er wahrscheinlich seinen Hund wiederhaben.«

Grandma seufzte gereizt. »Das fürchte ich auch.«

Ja, das war die neue Regel. Die Dinge liefen nicht immer so, wie sie sollten. Ich sah keinen Sinn darin, dass ein Mann wie Frank Thorne – in dem ich noch immer einen Versager sah – einen Hund wie Tucker besitzen sollte und ihn an der Kette schmachten ließ, wenn ich ihm doch ein gutes Zuhause geben konnte, wo er geliebt und versorgt wurde.

Ein gutes Zuhause – ich wusste nur noch nicht, wo das sein sollte.

DREIZEHN

Am nächsten Morgen hörte ich, wie der Maintainer angelassen wurde, aber niemand warf mich aus dem Bett und brüllte: »Schneetreiben! Schneetreiben!«

Das bedeutete, dass mein Großvater entschieden hatte, dass die Schulen wegen der schlechten Straßenverhältnisse geschlossen blieben. Wahrscheinlich waren meine besorgten Einwände hinsichtlich der armen Erstklässler von Cherokee County auf fruchtbaren Boden gefallen. Grandpa hatte keine Ahnung, wie lange es dauern würde, ehe alle Seiten- und Landstraßen wieder freigegeben werden konnten. Er hoffte einfach, dass es bald aufhören würde zu schneien.

Der Hof der McCrays war zwar verschont geblieben, aber in anderen Orten war der Strom ausgefallen und die Telefonverbindung waren unterbrochen. Ehe die Straßen nicht geräumt waren, konnten keine Servicefahrzeuge durchkommen und die Schäden beheben.

Damals gab es nur wenige Straßenwarte. Mein Großvater hatte die Verantwortung für den gesamten Südwesten des Landes und musste sich beeilen, bevor das Wetter sich weiter verschlechterte oder er von Müdigkeit übermannt wurde. Mehr denn je musste er sich »ranhalten«.

Ich hatte nichts dagegen, die Mühsal eines Schultages gegen ein paar zusätzliche anstrengende Stunden beim Melken einzutauschen. Außerdem erlaubte mir meine Großmutter, eine Stunde später anzufangen. Nachdem ich bis um halb sechs, eine vergleichsweise manierliche Uhrzeit, im Bett gelegen hatte, machte mir das Melken nicht mehr so viel aus. Während der Arbeit fragte ich mich, wie Thornes Verhandlung wohl ausgehen mochte oder ob sie wegen des Schnees vielleicht vertagt wurde.

Nachdem ich im Stall fertig war, ging ich ins Haus, versuchte, meinen Text für das Theaterstück zu wiederholen, und vertiefte mich am Kamin in meine Lieblingsbücher. Tucker lag zu meinen Füßen. Der Tag verlief ruhig, doch als es anfing dunkel zu werden, lauschten Grandma Cora und ich ängstlich auf die Rückkehr meines Großvaters. Er war zum Mittagessen da gewesen, aber seit mehreren Stunden hatte er sich nicht mehr blicken lassen.

Endlich kam er. Tucker begrüßte ihn wieder, als wollte er sagen: »Wo warst du denn? Wir haben uns Sorgen gemacht!« Den ganzen Tag über hatten weder meine Großmutter noch mein Großvater ein Wort über Thornes Verhandlung verloren. Beim Abendessen sagte mein Großvater, dass noch einige Tage starker Schneefall zu erwarten wäre und die Schule noch mindestens einen Tag, vielleicht zwei Tage, ausfallen würde. Normalerweise hätte ich mich darüber gefreut, aber meine Sorge um Tuckers Schicksal war größer.

»George, ich möchte mit dir reden, bevor du ins Bett gehst.« Jetzt war es so weit. Es sah meinem Großvater nicht ähnlich, ein Gespräch zu inszenieren, also nahm ich an, dass es nichts Gutes zu bedeuten hatte. Ich versuchte, Zeit zu schinden, machte den Abwasch und putzte mir die Zähne. Ich konnte mir denken, worüber Großvater mit mir reden wollte. Schließlich setzte ich mich unten an den warmen Kamin und wartete, dass Grandpa von seiner Zeitung aufschaute. Er schien den Moment auch hinauszögern zu wollen. Er machte eine bekümmerte Miene.

»George, du hast deine Sache mit Tucker gut gemacht.«

»Danke, Grandpa.«

»Ich habe heute mit Thorne gesprochen. Trotz des miesen Wetters hat die Verhandlung stattgefunden, und er ist heute aus dem Gefängnis entlassen worden. Er bittet mich, dir zu danken, und sagt, dass er morgen vorbeikommen und Tucker abholen wird.«

Plötzlich spürte ich eine Wut in mir aufsteigen, die ich nicht erwartet hatte.

»Das ist nicht fair! Warum sollte er ihn wiederkriegen? Er weiß noch nicht einmal, wie man sich um diesen Hund kümmert!«

»Wir wissen beide, dass du nach Minnesota gehen wirst. Der Umgang mit Tucker hat dir gutgetan, aber wir müssen jetzt nach vorne schauen. Du hast von Anfang an gewusst, dass du ihn nicht behalten kannst, denk dran.«

»Ich könnte ihn mitnehmen.«

»Die Sache ist ganz einfach, George. Tucker ist Thornes Hund.«

Mit Tränen der Wut in den Augen stand ich auf und lief aus dem Zimmer. Wieder einmal war das Leben ungerecht. Stück für Stück wurde mir alles genommen, was ich liebte – Dad, mein früheres Leben auf der Farm, Tucker. Aus einem dunklen Winkel meines Herzens stiegen Bitterkeit und Groll in mir auf, und ich wusste nicht, was ich damit anfangen sollte.

VIERZEHN

Am nächsten Tag fiel die Schule wieder aus, und so beschloss ich am Morgen, nachdem die Kühe gemolken waren, den ganzen Tag mit Tucker auf Mack's Ground zu verbringen. Schon beim Aufwachen war mir der Gedanke gekommen, mit Tucker abzuhauen, bevor Thorne ihn abholen konnte. Als ich jetzt die Scheunentür schloss, ließ mich diese Idee nicht mehr los.

In kindischem Trotz malte ich mir aus, wie ich Macks alte Hütte herrichten, fischen und jagen gehen und meine Kleidung aus Tierfellen schneidern würde. Wie unrealistisch mein Traum auch war, an diesem Morgen räumte ich die Hütte auf und machte mir eine Liste, was ich alles für die Instandsetzung meines neuen Zuhauses brauchte. Im Verlauf des Vormittags fing es zu stürmen an, und die Absurdität meines Vorhabens wurde mir klar. Mein Plan, draußen im Wald zu überleben, hatte schon mal einen entscheidenden Haken: Ich hatte keine Heizung.

Mittags hatte ich die Idee verworfen. Ich setzte mich an Grandma Coras Mittagstisch, und sie fragte, was ich gemacht hätte. Ich hatte zwar nicht den Mut gehabt davonzulaufen, aber ich traute mich zumindest, darüber zu sprechen.

»Ich habe überlegt, ob ich wirklich nach Minnesota muss. Vielleicht könnte ich mit Tucker in Macks alte Hütte ziehen und mit ihm dort draußen leben.«

»Wie stellst du dir das vor?«, fragte sie ganz sachlich.

»Mit Tucker könnte ich jagen und fischen und mich selbst versorgen.«

Klugerweise ging meine Großmutter nicht weiter auf die Schwachstellen meines Plans ein. Sie ahnte, was mir Sorgen bereitete, und versuchte, zum Kern des Problems vorzudringen. »Bist du es leid, hier bei uns zu wohnen?«

»Nein, das ist es nicht.«

»In deinem Alter fangen junge Männer an davon zu träumen, sich alleine durchzuschlagen. Ist es vielleicht das?«

»Vielleicht.«

»George, dein Großvater und ich haben dich sehr gerne bei uns und werden dich sehr vermissen, wenn du nach Minnesota gehst.«

Zu meiner Überraschung sprudelte es aus mir heraus, als hätte jemand ein Glas Wasser umgestoßen: »Ich will nicht nach Minnesota ziehen, aber ich weiß nicht, wo ich stattdessen hinwill.«

Sie schwieg eine Weile, und ich wusste, dass sie ihre Worte sorgfältig wählte. »Manchmal wachen wir morgens auf und wünschen uns, woanders zu sein. Das ist ganz normal.« Dann lachte sie und fügte hinzu: »Wenn es so kalt ist wie jetzt, dann bin ich in Gedanken immer in Florida.«

Sie nahm meine Hand. »George, weißt du, was wir alle früher oder später lernen?«

»Was?«

Und dann sagte sie etwas zu mir, woran ich mich noch Jahre später mit einem Schmunzeln erinnern sollte. »George, Liebling, du musst nicht sehr weit laufen, um davonzulaufen.«

Sie lächelte und zog ihre Hand zurück. »Weißt du, diese Farm hätte einmal deinem Vater gehören sollen, und jetzt, wo er nicht mehr da ist, wird sie dir gehören. Natürlich ist es deine Entscheidung, ob du sie willst. Niemand wird dich dazu zwingen. Und mach dir keine unnötigen Sorgen, was aus unserem Hof werden soll, wenn du nach Minnesota gehst. Wir werden zurechtkommen.«

Ich sagte nichts, also fuhr sie fort. »Du liebst diesen Hund, nicht wahr?« Sie fand die Worte für meine Gedanken und Gefühle, die ich nicht formulieren konnte.

»Ja.«

»Du bist wütend, weil du ihn zurückgeben musst, und findest das alles ziemlich ungerecht, nicht wahr?«

»Ja.«

»Ich erinnere mich noch daran, als dein Großvater ihn mit nach Hause brachte und dir sagte, dass du dich um ihn kümmern sollst. Du wolltest nicht, weißt du noch? Es ist komisch, wie sich die Dinge ändern. Vor ein paar Wochen noch dachtest du, dass die Welt ungerecht ist, weil du dich um Tucker kümmern musst, und jetzt ist sie ungerecht, weil du es nicht mehr tun darfst.«

»Das war, bevor …«

»Vielleicht solltest du mit Frank Thorne reden. Vielleicht könnt ihr euch einigen. Wer weiß, vielleicht lässt er dir Tucker, bis du nach Minnesota gehst. Das sind nur noch ein paar Wochen. Und es macht ihm sicher nichts aus, wenn du nach der Schule mit Tucker spazieren gehst. Ich wette, da gibt es Möglichkeiten, an die du noch gar nicht gedacht hast.«

»Du willst, dass ich mit Frank Thorne rede?«

»Sicher, warum nicht?«

»Ich mag Frank Thorne nicht.« Ich wollte ihr nicht sagen, dass mir dieser Mann unheimlich war. Ich hatte oft gehört, wie mein Vater gesagt hatte: »Frank ist ein Einzelgänger.« Und dann waren da all diese Geschichten über seine Familie. Sein Großvater war angeblich ein Pferdedieb und sein Vater ein Nichtsnutz und Spieler.

»Weißt du, ich kenne Frank Thorne, seit er ein Baby war. Wusstest du, dass Frank und dein Vater auf der Highschool Freunde waren?«

»Kann sein.«

»Nur weil er ein Alkoholproblem hat, ist er noch kein schlechter Mensch.«

Ehe ich noch weiter darüber nachdenken konnte, waren wir schon beim Thema Weihnachten. Grandma war aufgestanden, ging zum Küchenfenster und stellte ihren Teller in das Spülbecken. Dann drehte sie sich zu mir um. »George, was wünschst du dir dieses Jahr zu Weihnachten?«

Mir wurde unbehaglich, und ich merkte, dass ich ihr auf diese Frage nicht antworten wollte. »Ich weiß nicht, Grandma. Was wünschst du dir?«

»Ich habe noch nie erlebt, dass du keinen Wunschzettel hattest. Es muss doch etwas geben, was du dir wünschst.«

»Ich habe noch nicht darüber nachgedacht.«

»George, wir beide haben dasselbe Problem. In diesem Jahr fällt es uns furchtbar schwer, Weihnachtsstimmung aufkommen zu lassen. Was machen wir da?«

Sie hatte Recht, und wir wussten es beide. »Ich glaube, ich will dieses Jahr gar kein Weihnachten feiern. Weihnachten ist was für kleine Kinder.«

Sie stemmte die Hände in die Hüften und tat empört. »Ich bin kein kleines Kind, und ich mag Weihnachten trotzdem.«

»Ich weiß nicht, Grandma.«

»Ich habe eine Idee. Wir könnten heute Nachmittag zusammen einen Tannenbaum holen.«

»Na schön«, sagte ich halbherzig und dachte mit Unbehagen an die Feiertage. Warum war Grandma noch immer auf eine Weihnachtsfeier versessen? Bevor ich sie danach fragen konnte, klingelte das Telefon. Grandma nahm den Hörer ab.

»Hallo Frank … Sicher, das passt gut. Ich glaube, dass George auch gerne mit dir über den Hund reden würde.«

Sie legte auf. »Frank kommt heute Abend, um Tucker abzuholen.« Ich hatte das Gefühl, dass mir mein Herz mit einem Ruck aus dem Leib gerissen wurde. Ich ging ins Wohnzimmer und musste mich erst einmal setzen.

Ich wusste nun, woran ich war. Aber das machte es nicht einfacher.

FÜNFZEHN

Grandma ließ mich nicht lange Trübsal blasen. Sie bestand darauf, dass ich mich aufraffte und mit ihr einen Weihnachtsbaum holte. In den letzten Jahren hatte mir das immer Spaß gemacht. Heute war es eine lästige Pflicht. Tucker trottete eine Weile hinter uns her. Aber schon bald war er einem Kaninchen auf der Spur und beschloss, ohne uns auf die Jagd zu gehen. Er war schon mehrere hundert Meter weit auf Mack's Ground auf und davon, aber ich war sicher, dass er uns hörte und nachkommen würde, wenn er genug hatte.

Wir kämpften uns durch den Schnee, bis wir den Wald am Ufer des Kill Creek erreichten. Dort schossen wilde Zedern wie Pilze aus dem Boden.

Obwohl es schneite, war es nicht besonders kalt. Ich hatte einen Fuchsschwanz bei mir, und wir stapften vorwärts. Grandma war mit keinem Exemplar zufrieden, fand den einen Baum zu groß, den anderen zu klein oder zu hässlich. Sie schien unseren Spaziergang durch den Wald zu genießen.

»George, du weißt, dass dieses Weihnachtsfest für uns alle nicht einfach wird.«

»Ja.« Natürlich wusste ich das.

Immer wieder fand sie einen Vorwand, um mich in den Arm zu nehmen. »Ich mag es, wenn die Schule ausfällt«, stellte sie fest. »Ich werde dich vermissen, wenn du wieder in die Schule gehst.«

»Ich werde dich auch vermissen.«

»Ich kann dir sagen, warum ich mich auf Weihnachten freue.«

Sie strahlte mich an und sah in ihrer Vermummung hier draußen ganz anders aus als sonst. Sie wirkte auf einmal jung, ausgelassen und zugleich traurig.

»Und warum, Grandma?« Ich hatte meine Hände auf die Hüfte gestützt und versuchte durchzuatmen. Es war anstrengend, durch den Schnee zu stapfen. Ich war erstaunt, dass sie so mühelos vorankam.

»Es macht mir Freude, mir etwas Besonderes auszudenken, womit ich jemanden überraschen kann. Wie dieser Weihnachtsbaum, George, vielleicht ist er genau das, was du brauchst – genau das, was dich in Weihnachtsstimmung bringt.«

Dann blieb sie stehen und musterte mich einen unbehaglichen Moment lang. Ich war nicht sicher, aber es sah aus, als versuchte sie, die Tränen zurückzuhalten. Mit brüchiger Stimme fuhr sie fort. »Ich wette, dass am anderen Ufer der perfekte Baum auf dich wartet.«

»Glaubst du, das Eis ist dick genug, um mich zu tragen?«

»Ich bin sicher, dass es hält. Das Wasser ist an dieser

Stelle seicht. Lauf hinüber und such den Baum aus, den du möchtest. Mir wird ein bisschen kalt, ich werde wohl besser zurückgehen.«

Wir hatten zu keinem Zeitpunkt darüber gesprochen, aber offenbar hatte Grandma mich absichtlich zu einer Stelle im westlichen Flussverlauf gelockt, die ich bis dahin gemieden hatte.

Als ich über das Eis lief und die Lichtung überquerte, die zu der Wiese auf der anderen Seite führte, wurde mir klar, dass es der Ort war, wo Dad verunglückt war. Monatelang hatte ich die Einzelheiten des Unfalls verdrängt. Als ich jetzt auf dieser Wiese stand, kam plötzlich alles zurück, und die Erinnerung an jenen Junitag traf mich mit aller Wucht.

Meine Mutter putzte gerade die Küche, und meine Großmutter saß am Tisch und legte ein Puzzle. Ich sortierte Baseballkarten auf dem Boden im Wohnzimmer. Meine Schwestern hatten Ferienjobs angenommen und waren in der Stadt.

Grandma beschwerte sich: »So schwierig war es noch nie. Die Teile sind so klein und ganz unterschiedlich geformt. Ich glaube, deine Mutter und deine Schwestern haben es schon aufgegeben.«

Meine Mutter rief aus der Küche: »George, Cora, kommt her. Sie sind wieder da!«

Wir hatten die Kolibris schon oft bei ihren Kunststückchen beobachtet, aber wir wollten uns das Schauspiel auch diesmal nicht entgehen lassen.

Grandma und ich traten zu meiner Mutter ans Spülbecken. Zwei Kolibris griffen gerade einen dritten heftig an, um ihn von den Blumen zu vertreiben. Sie flatterten auf der Stelle, schossen pfeilschnell vor und waren ununterbrochen in Bewegung – horizontal und vertikal, mit erstaunlicher Geschwindigkeit. Sie hatten einen gut durchdachten Schlachtplan. Und wie bei allen guten Schlachtplänen kam alles auf die richtige Ausgangsposition an.

Während wir beobachteten, wie sie hin und her flogen, sahen wir Grandpa zum Haus heraufrennen. Sein Gesicht war aschfahl. Wir wussten sofort, dass etwas Schreckliches passiert sein musste. Als er keuchend die Küchentür aufstieß, sah er aus, als könnte er sich vor Schmerzen kaum aufrecht halten. Meine Großmutter sah ihn und stürzte in seine Arme. »Was ist passiert, Bo?«

Er schüttelte den Kopf, als wollte er immerzu nein sagen. »Es tut mir so leid. John, er ist, er ist …«

»Was ist los? Was ist passiert?«, flehte meine Mutter fassungslos.

Mein Großvater sah beide an, seine sprichwörtliche Stärke war dahin. »Ein Unfall. Der Traktor ist umgekippt. John ist tot …«

Meine Großmutter schrie auf, und meine Mutter schlug die Hände vors Gesicht und fing haltlos an zu schluchzen: »Oh, mein Gott, nein, nicht John!«

Es war der schlimmste Tag, den ich in diesem Haus je erlebt hatte. Es war, als würden die Wände, unser Leben, unser ganzes Sein einstürzen.

Mein Vater hatte ein Feld mit Alfalfa gemäht, als es passierte. Die roten Blüten ziehen Hummeln an. Er hatte gerade eine Stelle in der Nähe des Flussufers gemäht, als der Traktor ein ganzes Nest aufschreckte. Die Insekten hatten Dad angegriffen, und er musste wohl versucht haben, sie zu verscheuchen, und hatte dabei die Kontrolle über den Traktor verloren. Die Maschine schlingerte über das Ufer ins Wasser. Dad wurde aus dem Führerhäuschen geschleudert und schlug mit dem Kopf auf einen Felsen. Dann war er ins Wasser gestürzt, und der Traktor hatte ihn überrollt und unter Wasser gedrückt.

Mein Großvater hatte sich gewundert, dass er den Traktor nicht mehr hören konnte, und sich aufgemacht, um nach seinem Sohn zu sehen. Zuverlässige Partner haben ein Auge aufeinander. Es muss ein schrecklicher Moment für ihn gewesen sein, als seine vage Befürchtung in unaussprechlich grauenhafte Wahrheit umschlug.

Sechs Monate nach diesem Junitag stand ich nun an der Stelle, wo mein Großvater die Leiche meines Vaters gefunden hatte. Ich hatte immer so getan, als ob es diesen Ort gar nicht gäbe – den Ort, an dem alle Regeln außer Kraft gesetzt worden waren.

Wieder hatte ich den Impuls davonzulaufen. Plötzlich hasste ich die Farm, die mir John McCray geraubt hatte, ich wollte nie wieder eine Heuwiese sehen, eine Kuh melken oder einen Traktor anfassen. Am liebsten hätte ich sofort auf Nimmerwiedersehen den nächsten Bus nach Minnesota genommen. Niemand hätte es mir verübelt. Meine junge Seele musste sich mit der absoluten Endgültigkeit des Todes abfinden.

So weh es auch tat, in diesem Moment akzeptierte ich endlich, dass mein Vater nie wieder zur Küchentür hereinkommen würde, egal wie lange ich auf der McCray-Farm blieb. Es gab keinen Grund für mich, auch nur eine Minute länger hierzubleiben und mir Hoffnungen zu machen.

Ich legte den ersten Baum um, der mir vor die Säge kam. Wütend rückte ich seinem Stamm zu Leibe. Als ich fertig war, packte ich ihn und machte mich auf den Rückweg zum Fluss.

Das Gefühl der Verbitterung verschwand so schnell, wie es gekommen war. Als hätte jemand den Stöpsel gezogen, und alles wäre einfach im Boden versickert. Was blieb, war grenzenlose Einsamkeit.

Ich ließ den Baum und mich selbst in den Schnee fallen und führte ein längst überfälliges Gespräch mit meinem Vater. Es war an der Zeit, reinen Tisch zu machen und ihm zu sagen, was ich fühlte.

Ich liebe dich, Dad, und ich vermisse dich jede Minute. Ich habe diesen Hund, Tucker, und er hat mir sehr geholfen. Na ja, es ist nicht wirklich mein Hund, aber ich wünschte, er wäre es. Ich wette, du würdest ihn mögen. Und ich bin auch dankbar, dass Grandpa und Grandma immer für mich da sind. Ich versuche wirklich, mich nicht traurig und einsam zu fühlen, aber es hilft alles nichts. Ich versuche, mich in die Arbeit zu stürzen – wenn es heftig schneit, erledige ich das Melken allein, und ich spiele sogar in diesem blöden Schultheater mit. Aber ohne dich weiß ich nicht, wie ich damit zurechtkommen soll. Und ich weiß nicht, ob ich hierbleiben oder nach Minnesota gehen soll. Ich würde dich so gerne um Rat fragen. Ich vermisse, dass du mir etwas vorliest. Und es tut mir wirklich leid, dass ich nicht immer gemacht habe, was du mir aufgetragen hast.

»Wie ist es dort, wo du jetzt bist, Dad?«, fragte ich laut und unter Tränen. »Glaubst du, ich werde dich jemals wiedersehen? Ich hoffe es so sehr.«

Wie sehr wünschte ich mir, seinen starken und doch sanften Händedruck auf der Schulter zu spüren und ihn sagen zu hören, dass alles gut werden und diese unerträglichen Gefühle vorbeigehen würden. Dass bald wieder alle Regeln gültig sein würden.

Ich horchte angestrengt nach irgendeiner Art von Zeichen. Und dann kamen mir wieder die Worte in den Sinn, die ich vor seinem Tod so oft von ihm gehört hatte. Er hatte gesagt, ich sollte von allen Menschen, die ich auf der ganzen Welt am meisten bewunderte, die besten Eigenschaften nehmen, sie zusammenfügen und versuchen, diese Person zu sein. Eins hatte ich an meinem Vater und auch an meinem Großvater immer bewundert. Wenn etwas schiefging, gaben sie nicht gleich auf. Für beide war Durchhaltevermögen eine große Tugend.

Mir wurde klar, dass er mir genau das gesagt hätte,

wenn er damals mit mir hätte reden können. Ich konnte seine Stimme hören, als ob er neben mir am Flussufer stehen würde. Und wenn ich mich anstrengte, konnte ich sogar seine Hand auf meiner Schulter spüren.

Egal wie katastrophal die Straßenverhältnisse sind, George, wir steigen einfach wieder auf den Maintainer und versuchen, den Weg frei zu räumen. Das ist alles, was wir tun können.

In diesem Moment fasste ich einen Entschluss, stand auf, wischte mir die Tränen aus dem Gesicht und nahm mir fest vor, niemals aufzugeben.

Als ich mir den Schnee von den Jeans klopfte, bewegte sich irgendwas oben auf der Anhöhe, wo wir im Frühling wilde Osterglocken pflückten. Zuerst dachte ich, es wäre ein Reh, aber dann hörte ich ein Bellen und sah einen Hund in vollem Tempo hinter einem Kaninchen herjagen. Einen großen rotbraunen Irish Setter, der mir entgegenkam.

Kurze Zeit später wurden Tuckers Bemühungen belohnt. Zwischen seinen Kiefern baumelte ein Kaninchen. Er platzte fast vor Stolz, aber vielleicht spürte er meinen Kummer, denn plötzlich ließ er seine Beute direkt vor meinen Füßen fallen.

Man hätte das vielleicht für eine unbedeutende Geste halten können, aber ich wusste, dass Tucker mir kein größeres Geschenk hätte machen können. Ich hatte mein erstes, vielleicht mein einziges Weihnachtsgeschenk in diesem Jahr bekommen. Er wollte mir das

Wertvollste überlassen, was es für ihn auf der Welt gab. Er versuchte, mein Überleben zu sichern, auch wenn er dann vielleicht Hunger leiden musste.

Ich beugte mich zu ihm hinunter und kraulte ihn hinter seinen weichen Schlappohren. »Danke, Tucker. Danke, dass du mein Freund bist.«

Es war Zeit, nach Hause zu gehen, und so zog ich den Baum über das Eis hinter mir her. Vielleicht war der Baum ein wenig zu groß geraten, auf jeden Fall zu groß, um ihn einen Kilometer zurück zum Haus zu ziehen. Aber wenn Grandma Recht hatte und der Baum der Rettungsanker für mein Weihnachtsfest sein sollte, dann musste es ein großer Baum sein.

Als ich den Fluss überquert hatte, hielt ich nach Grandma Ausschau, in der Annahme, dass sie vielleicht noch unterwegs war, aber sie war bereits verschwunden. Ich sah ihre Spuren, die zum Haus zurückführten. Ihren einsamen Fußabdrücken konnte man die Traurigkeit ansehen, und sie erinnerten mich daran, was meine Mutter vor ihrer Abreise gesagt hatte. Wie hart mich auch immer der Verlust meines Vaters traf und wie sehr sie selbst um ihren Ehemann trauerte, so dürften wir dabei doch nie vergessen, dass Grandma Cora und Grandpa Bo ihr einziges Kind verloren hatten.

An diesem Abend legte Grandma Cora unserem Schmorbraten kleine Stücke von Tuckers Kaninchen bei, und wir stellten ihm einen Teller davon hin, als Dank für seine Großzügigkeit und als Leckerbissen für sein Abschiedsessen. Nach einer kurzen Diskussion, bei der wir alle – sogar Grandpa – Mühe hatten, unsere Gefühle im Zaum zu halten, beschlossen wir einhellig, dass es richtig war, wenn Tucker zu seinem rechtmäßigen Besitzer zurückkehrte. Nach dem Essen verabschiedeten wir uns alle persönlich von Tucker. Ich saß einfach neben ihm auf dem Boden im Wohnzimmer, strich ihm über das rotbraune Fell und spürte die Wärme seines Körpers. Ich hatte keine Worte für das, was ich fühlte.

Als Frank Thorne in die Einfahrt bog, war es schon dunkel und bitterkalt.

SECHZEHN

Frank Thorne war Mitte vierzig, hager und trug einen blonden Schnauzbart, der gut zu seinem Hut und den Cowboystiefeln passte. Er lächelte schüchtern, als er in der Hintertür stand und zögernd unser warmes Haus betrat. Tucker sah Thorne an und wedelte mit dem Schwanz, blieb aber neben mir.

Als mein Großvater die Hand ausstreckte, um ihn zu begrüßen, musste Thorne erst seine Hände aus den Hosentaschen ziehen. Seine Finger waren ölverschmiert. »Willkommen zuhause, Frank.«

»Ich bin froh, dass ich wieder da bin.«

»Hast du schon Aussicht auf eine neue Arbeit?«

»Nein, noch nicht.« Da fiel ihm ein, dass er noch seinen Hut auf dem Kopf hatte, und nahm ihn hastig ab. »Wird schon werden.«

»Nun, ich könnte ein wenig Hilfe beim Straßenräumen gebrauchen, wenn dieses Wetter anhält. Bist du interessiert?«

Thorne zögerte. »Ich glaube, in den nächsten Tagen müsste sich was ergeben. Aber danke für die Nachfrage.« Dann sah er mich an und fügte hinzu: »George, ich habe gehört, dass du dich um meinen Hund gekümmert hast.«

»Ja, Sir, das stimmt.«

»Also, danke.« Er sah Tucker an, der immer noch geduldig neben mir wartete. »Komm her, Junge.« Tucker wedelte mit dem Schwanz und lief zu Thorne, allerdings erst, nachdem ich ihm ein letztes Mal den seidigen Kopf getätschelt hatte. Thorne kniete sich hin und streichelte den Hund. »Schön, dich zu sehen, Red.«

Ich spürte, wie Tucker mir entglitt, und ich bin sicher, dass ich ziemlich verzweifelt klang. »Mr Thorne, ich dachte, ob Sie mir vielleicht Ihren Hund verkaufen könnten?«

Er sah mich entgeistert an. »Tut mir leid, Kleiner, aber ich habe nicht vor, ihn loszuwerden.«

Er legte Tucker ein Kettenhalsband um. »Wie es aussieht, seid ihr beide gute Freunde geworden. Du kannst jederzeit vorbeikommen und mit ihm spielen.«

Zum ersten Mal in meinem Leben hätte ich einem Menschen am liebsten den Hals umgedreht. Ich lief so rot an wie eine Tomate. Großmutter legte mir die Hand auf die Schulter. »Danke, Frank, das würde George sicher freuen. Pass gut auf dich auf.«

Ich konnte kaum mit ansehen, wie Thorne mit Tucker durch die Hintertür verschwand. Keiner sagte ein Wort, als wir Thornes Lastwagen aus der Einfahrt fahren hörten. Plötzlich hatte ich Angst, etwas zu tun oder zu sagen, was ich vielleicht später bereuen würde, und stürmte aus der Tür. Wieder spürte ich den übermächtigen Drang, vor allem davonzulaufen, aber ich wusste nicht, wohin. Ich stand im dunklen, verschneiten Hof in der Kälte und bebte vor Wut. Ich versuchte, meinen Großeltern zuliebe meine Fassung wiederzufinden. Nach einer Weile ging ich wieder ins Haus, aber das Gefühl von Ohnmacht und Hilflosigkeit blieb.

Als der Schulbus am nächsten Morgen an Thornes Haus vorbeifuhr, versank ich in meiner Winterjacke, damit Mary Ann meine Wut nicht sah. Tucker lag angebunden neben Thornes altem braunen Wagen auf einem kleinen schneefreien Flecken. Ich wäre am liebsten aus dem Bus gesprungen und hätte ihn mitgenommen, um ihn nach Hause zu bringen, aber ich wusste, dass das nicht möglich war.

Egal, wie katastrophal die Straßenverhältnisse sind, George, wir steigen einfach wieder auf den Maintainer und versuchen, den Weg frei zu räumen. Das ist alles, was wir tun können.

Ich versuchte, wieder aufzusteigen, aber ich rutschte immer wieder ab. Der Weg, der vor mir lag, wurde immer beschwerlicher.

SIEBZEHN

An diesem Nachmittag stieg ich vor Thornes Haus aus dem Bus, um Tucker zu besuchen. Der braune Lastwagen war fort, aber Tucker lag am Pfosten angebunden an seinem üblichen Platz.

Nachdem ich vergeblich an die Tür geklopft hatte, setzte ich mich neben Tucker auf den Boden. Ich umarmte ihn lange, denn ich wollte ihm zeigen, dass ich ihn nicht einfach im Stich gelassen hatte. Ich überlegte, wie ich am besten mit Thorne verhandeln sollte. Tucker sollte ein gutes Zuhause bekommen, aber das schien genauso schwierig zu sein, wie für mich selbst das richtige Zuhause zu finden.

Thornes Haus war in einem erbärmlichen Zustand. Die Farbe blätterte von den Holzwänden, auf dem Hof lagen alte Reifen und Autoteile herum, und überall war Unrat verstreut. Der Ort war mir unheimlich und sicher nicht der richtige Platz für Tucker.

Ich holte Papier und Stift aus meiner Schultasche und schrieb eine Nachricht für Thorne. Ich begann mit einem kaufmännischen Schachzug.

Mr Thorne,

ich weiß, dass es anstrengend ist, sich um Tucker zu kümmern, wenn Ihnen die Arbeit also zu viel wird, dann bin ich immer noch daran interessiert, ihn zu kaufen. Ich reise in ein paar Wochen nach Minnesota ab, lassen Sie mich daher bald wissen, ob Sie interessiert sind.

Ihr Nachbar
George McCray

Ich verkniff mir den Zusatz, dass Tucker ein besseres Leben verdient hatte. Dann überlegte ich, wo ich die Nachricht am besten hinterlassen sollte, und entschied mich schließlich dafür, sie zwischen das alte zerschlissene Fliegengitter und die hölzerne Haustür mit dem dreckigen Glasfenster zu klemmen. Als ich das Fliegengitter öffnete, konnte ich mir einen kurzen Blick ins Haus nicht verkneifen. Ich drückte meine Nase gegen die Glasscheibe, und die Haustür gab nach – sie war unverschlossen. Thorne ging zu Recht davon aus, dass es bei ihm nicht viel zu holen gab. Ich stand auf der Türschwelle und wartete, bis sich meine Augen an das dämmerige Licht gewöhnt hatten. Dann sah ich mich um.

Wie ich erwartet hatte, herrschte Chaos. Das Haus bestand offenbar aus einem einzigen großen Raum, dahinter befanden sich nur ein kleines Badezimmer und ein Schlafzimmer. Auf einem Tisch türmten sich Bierdosen, Zeitungen und Flaschen. An einer Wand hingen ein paar

Fotos, die ich nur schlecht erkennen konnte. Eines davon kam mir bekannt vor, aber irgendwie wirkte es vollkommen fehl am Platz.

Ehe ich hineinging, um mir das Foto genauer anzusehen, rief ich: »Mr Thorne?« Ich bekam keine Antwort, also ergriff ich die Gelegenheit und trat ein. Ich balancierte an Haufen von schmutziger Wäsche, kaputten Autoteilen und halbvollen Chipstüten vorbei und trat näher an die Wand mit den Fotos heran.

Ich betrachtete das Foto genau. Es zeigte meinen Vater als jungen Mann, wie er einen Arm um Frank Thornes Schulter gelegt hatte. Wie es aussah, reparierten sie gerade ein altes Auto. Sie waren ölverschmiert und hatten ein breites Grinsen im Gesicht. Ich verstand einfach nicht, wie mein Vater mit Frank Thorne hatte befreundet sein können, stürmte zur Tür hinaus und zog sie hinter mir zu. Meine Nachricht klemmte ich in den Türrahmen.

Obwohl es mich beinahe umbrachte, ließ ich den armen Tucker zurück und ging nach Hause. Ich konnte es nicht ertragen, mich von ihm zu verabschieden. Er bellte wie wild, und ich kam mir schrecklich schäbig vor, weil ich das arme Tier täuschte. Ich hatte keine Ahnung, was ich tun sollte und wie ich alles wieder in Ordnung bringen konnte.

Während des Abendessens war es nicht weiter schwierig, die Erlebnisse mit Tucker am Nachmittag unerwähnt zu lassen. Keiner von uns schien erpicht darauf, das Gespräch auf die neue Lücke in unserer Familie zu lenken.

ACHTZEHN

Am nächsten Morgen wachte ich davon auf, dass die Hintertür leise zugezogen wurde. Ich streckte meine Hand nach Tucker aus, aber natürlich war er nicht da. Ich hörte, wie Grandpa in seinen schweren Arbeitsstiefeln langsam durch die Küche ging und einen Stuhl heranzog. An diesem Tag wurde kein Schneealarm gegeben, wie es beinahe die ganze letzte Woche der Fall gewesen war.

Saß mein Großvater um diese Zeit im Dunkeln allein in der Küche? Ich hüllte mich fest in meine Decke und wusste, dass irgendetwas nicht stimmte. Durch den Luftschacht drang ein unheimliches gelbes Licht herauf. Ich hörte nun auch Grandma in der Küche, aber es blieb ungewöhnlich still. Besorgt und neugierig stieg ich aus dem Bett und versuchte, das Licht anzudrehen. Nichts geschah. Der Strom war ausgefallen.

Ich zog mich schnell an und lief, so gut es im Dunkeln ging, die Treppe hinunter. Meine Großeltern saßen am Küchentisch und unterhielten sich leise. Eine altmodische Petroleumlampe mit einem verschnörkelten Schirm stand auf dem Tisch.

»Guten Morgen, George.« Mein Großvater schob mir einen Stuhl hin. »Setz dich und lass dir berichten, mit was für einem Geschütz der Winter aufgefahren ist.« Seine Worte schienen nicht übertrieben, denn Sturmböen ließen das Haus erzittern. Er klang besorgt. Grandma Cora legte mir eine Hand auf die Schulter, als sie vom Tisch aufstand, um das Frühstück zu machen.

»George«, fuhr mein Großvater fort, »wir haben heute alle Hände voll zu tun.«

»Ja, Sir.«

»Letzte Nacht sind wieder dreißig Zentimeter Neuschnee gefallen, und wie du schon gemerkt hast, ist der Strom ausgefallen. Das Telefon funktioniert noch, aber niemand weiß, wie lange. Wir müssen jetzt besonders darauf achten, dass der Teich nicht zufriert, und müssen mit der Hand melken – wie früher, als ich ein Junge war. Es wird ein bisschen ungemütlich hier werden. Kannst du uns helfen?«

Die Lage war ernst, sonst hätte mein Großvater nicht so viele Worte gemacht. Ich hatte ihn schon früher einmal beunruhigt gesehen, aber bis zu diesem Morgen noch nie ernsthaft besorgt oder gar ängstlich. Normalerweise erteilte Grandpa in schroffem Ton seine Befehle, aber dies war etwas Neues. Bis zu diesem Morgen hatte ich noch nie gehört, dass Bo McCray jemanden um Hilfe gebeten hatte, und ganz sicher nicht einen Jungen wie mich.

Auf seine Frage konnte es nur eine Antwort geben. »Natürlich werde ich helfen. Was kann ich tun?«

»Geh du zum Teich und hack das Eis auf, ich fang inzwischen mit dem Melken an. Später werde ich dir zeigen, wie man den Maintainer fährt. Wir können das hier nur überstehen, wenn wir uns abwechseln und in Schichten arbeiten, Tag und Nacht, bis wir uns aus diesen Schneemassen ausgegraben haben.«

»Den Maintainer fahren!«, stammelte ich und fiel beinahe vom Stuhl. Selber zu melken schien dagegen ein Kinderspiel. Eine Mischung aus Angst und Aufregung befiel mich.

»Er ist erst dreizehn!«, warf meine Großmutter besorgt ein. »Bo, ich habe dir schon mal gesagt, dass er damit überfordert ist.« Ihre Stimme versagte, und sie fing an zu weinen.

»Er ist alt genug, Cora, und du weißt, dass ich seine Hilfe brauche.«

»Dann werde ich auch eine Schicht auf dem Schneeräumer übernehmen«, sagte sie und wischte die Tränen weg. Wie viele Farmersfrauen konnte Grandma einen Lastwagen in unwegsamem Gelände und einen Traktor über ein Feld steuern, aber ich konnte mich nicht erinnern, dass sie schon einmal während eines Schneesturms auf dem Maintainer unterwegs gewesen war.

»Cora, du bist stark, aber das schaffst du nicht. Und du musst hierbleiben, um die Notrufe entgegenzunehmen, und George beim Melken helfen, wenn ich unterwegs bin. Du hast selbst genug zu tun. Ich werde zwei Schichten übernehmen und er eine. Auf diese Weise kann ich ein paar Stunden schlafen. Lasst uns jetzt etwas essen und dann beim ersten Tageslicht an die Arbeit gehen. George, du fängst mit dem Eis auf dem Teich an.«

Sicher hätte es irgendwo in Cherokee County einen qualifizierteren Helfer gegeben, aber ich war verfügbar, und Grandpa McCray traute mir diese Aufgabe zu. Vielleicht war er es auch einfach so gewöhnt, nur mit McCrays zusammenzuarbeiten, und wollte es dabei belassen. Sein Vertrauen schmeichelte mir, aber ich konnte noch immer kaum glauben, dass er mir zutraute, den Maintainer zu fahren.

»Nimm den Vorschlaghammer mit und achte darauf, dass das Loch groß genug ist. Am besten nimmst du auch eine Schaufel mit, damit du dich durch den Schnee bis zum Eis durchgraben kannst.«

Mit diesen letzten Anweisungen trat ich aus der Hintertür unseres alten Farmhauses in Kansas und machte mich auf den Weg zum Teich. Es war, als ob am ganzen Himmel der Strom ausgefallen wäre. Nur ein fahles Licht drang durch den wütenden Schneesturm und die stahlgrauen Wolken. Ich trug Gummistiefel, die mich gut vor dem Schnee und dem Wasser im Teich schützten, aber sie hielten nicht warm, und bald waren meine Zehen eiskalt. Von Norden her wehte ein unerbittlicher, eisiger Wind. Keine Jacke und keine Stiefel konnten davor schützen, und die Kälte war nur zu ertragen, wenn man sich bewegte.

Ab und zu brach die Sonne durch die Wolken und warf harte Schatten auf die schneeweiß gepuderte Winterlandschaft. Als Eisbär oder Rentier hätte man es vermutlich herrlich gefunden.

Während ich zum Teich hinunterging, hing der Auftrag mit dem Maintainer wie ein Damoklesschwert über mir.

NEUNZEHN

Die Schneeverwehungen reichten mir bis an die Hüfte, als ich mich mit Schaufel und Vorschlaghammer in der Hand zum Teich hinunterkämpfte. Ich folgte einem Pfad zum Wasser, den die Kühe schon flachgetrampelt hatten. Jedes Mal, wenn ich vom Weg abkam, stolperte ich in einen kleinen Graben oder über eine Bodenwelle, die unter den Schneemassen verborgen war.

In den Wintermonaten konnten die Kühe nicht zum Grasen hinaus und verbrachten die meiste Zeit im Scheunenhof. Wir hielten für sie Wasser in beheizten Tanks bereit. Aber durch den Stromausfall würde das Wasser in den Tanks jetzt gefrieren, so dass die Kühe wohl oder übel zum Teich laufen mussten, wenn sie durstig waren.

Kühe sind zwar mindestens so intelligent wie Pferde, aber wenn sie kein Wasserloch finden können, wandern sie einfach auf die Eisfläche hinaus und suchen dort nach einer Öffnung. Manchmal brechen sie dabei ein und schaffen so ihr eigenes Wasserloch – ein Farmer kann dann nur hoffen, dass es nahe am Ufer passiert, wo das Wasser seicht ist. Hin und wieder hatte eine bedauernswerte Kuh weniger Glück. Wenn es lange genug gefroren hatte, dann schaffte sie es vielleicht bis zur Mitte des Teichs, wo das Wasser tiefer ist. Wenn das Eis dann brach, kam die Kuh nicht mehr heraus. Das war ein weiterer Grund, warum wir neben der Scheune Wassertanks hatten und warum mein Großvater wollte, dass ich für eine große, eisfreie Öffnung sorgte.

Am Rand des Teiches fand ich ein kleines Loch vor, das die Kühe genutzt hatten. Zuerst legte ich mit der Schaufel nahe am Ufer eine etwa drei Quadratmeter große Fläche frei. Unter dem Schnee war das Eis blank und durchsichtig.

Ich hob den Vorschlaghammer und ließ ihn mit aller Kraft auf die Eisfläche niedersausen. Der Hammer schien einfach von der gefrorenen Oberfläche abzuprallen, Eissplitter trafen mich im Gesicht. Ich warf einen Blick auf die münzgroße Kerbe, die ich zustande gebracht hatte, und versuchte es noch einmal, und noch einmal. Aber das Ergebnis war ernüchternd.

Das Eis erwies sich als wesentlich widerstandsfähiger und härter, als ich es für möglich gehalten hatte. Ich versuchte es noch einmal, diesmal näher an der kleinen Öffnung, die die Kühe selbst geschaffen hatten. Dort hatte ich mehr Erfolg. Ich konnte einen Eisblock von der Größe eines Ziegelsteins herausbrechen. Ich zog ihn aus dem Wasser und durchweichte dabei meine Handschuhe.

Der Anfang war gemacht, und ich fasste neuen Mut. Ich hackte drauflos, aber die Öffnung war noch immer nicht groß genug.

Ich stellte mir Paul Bunyan, den riesenhaften Holzfäller aus den Sagen meiner Kindheit, vor und ließ den Hammer mit aller Kraft auf das Eis niedersausen. Der Hammer rutschte ab und glitt mir aus der Hand. Das nächste feste Objekt, mit dem er in Berührung kam, war mein Fuß. Das Eis hatte zwar die meiste Energie abgefangen, aber es tat trotzdem weh. Ein stechender Schmerz fuhr mir ins Bein und warf mich buchstäblich um. Ich schrie auf und landete mit dem Allerwertesten genau in dem kleinen Loch, das ich gerade aufgeschlagen hatte. Die Sache lief nicht gut.

Ich hoffte, dass mich niemand in dieser peinlichen Lage sehen konnte. Es musste aussehen, als säße ich in einer riesigen, gefrorenen Toilettenschüssel fest. In diesem Moment hörte ich jemanden laut lachen.

»Alles in Ordnung?«, fragte mein Großvater. Er hatte mich die ganze Zeit über beobachtet und hielt sich den Bauch vor Lachen. Er hatte einen größeren Vorschlaghammer dabei.

»Hoff' ich mal. Irgendwie hat's mich am Fuß erwischt.«

»Und wozu das? Du solltest doch das Eis brechen, nicht deinen Fuß. Und George, wenn du auf die Toilette musst – dahinten ist das Haus.«

Mein Großvater lachte noch einmal aus vollem Hals und reichte mir seine Hand. Ich stand auf. Mir tat alles weh. Als ich meinen nassen Hosenboden begutachtete, musste ich trotz allem in sein Gelächter einstimmen.

Es war schön, meinen Großvater lachen zu hören.

Das hatte er seit Monaten nicht mehr getan. Ich stichelte zurück: »Was stehst du hier herum? Wir haben jede Menge Arbeit!«

Ich schwang noch einmal den Vorschlaghammer, diesmal kräftig und kontrolliert. Ich wollte Grandpa beweisen, dass ich kein kleiner Junge mehr und dieser Aufgabe durchaus gewachsen war.

»Bravo!«, rief er aus. »Wir machen das zusammen, wie die Eisenbahnarbeiter in alten Zeiten.«

Er ließ seinen Hammer mit aller Wucht aufs Eis niedersausen. Unser Teich schien eine gigantische Trommel zu sein, die durch die Morgenluft hallte.

Bald hatten wir unseren Rhythmus gefunden, und das Eis gab nach. Mein Großvater holte die Brocken mit dem Spaten aus dem Wasser und warf sie auf die Eisfläche. Als wir die erforderliche Fläche freigelegt hatten, ließ er sich erschöpft in den Schnee sinken.

Seine Stimme hatte wieder einen ernsten Ton. »Erinnerst du dich noch daran, als Mr Riley achtzehn Stück Vieh verloren hat, alle ertrunken?«

»Ja, ich erinnere mich.«

»Ich habe dir hier eine wichtige Aufgabe übertragen. Verstehst du?«

»Klar.«

»Kannst du dieses Loch hier offen halten, bis wir wieder Strom haben?«

Ich nickte eifrig. »Ja, das kann ich.«

»Wenn das Loch erst einmal aufgehackt ist, ist es

leichter offen zu halten. Geh ins Haus und zieh dir trockene Sachen an. Danach fangen wir mit dem Melken an.«

Während ich mich umzog, musste ich wieder an den Maintainer denken. Ich wusste schon nicht viel über das Melken von Hand – aber immer noch mehr als über das Fahren dieses Ungetüms. Aber Grandpa würde mir schon das Erforderliche beibringen. Ich traf ihn vor der Scheune, und wir ließen die Kühe hinein, immer sechs Stück auf einmal.

Im Stall vergruben die Kühe sofort ihre nassen, dampfenden Mäuler in den Futtertrögen. Wir hatten das Futter für den Winter in einem Silo gelagert. Während die Kühe ihr Frühstück genossen, machten mein Großvater und ich uns am anderen Ende zu schaffen und molken auf althergebrachte Weise.

Bo McCray konnte doppelt so schnell melken wie andere und ganz sicher viel schneller als ich. Um halb acht hatten wir alle Kühe gemolken und die Milch im Kühlschrank verstaut. Dort würde sie bleiben, bis wir sie an die Einfahrt stellen konnten. Der Kühlschrank war zwar wegen des Stromausfalls auch ausgefallen, hielt die Milch aber trotzdem noch ausreichend kühl.

Ich fragte meinen Großvater: »Warum stellen wir sie nicht gleich raus an die Straße, damit der Tankwagen von der Molkerei sie mitnimmt?«

»Bevor du und ich die Straßen nicht geräumt haben, wird hier weder ein Milchtankwagen noch ein Schulbus noch irgendetwas anderes vorbeifahren. Geh hinein und wärm dich auf. Ich starte in der Zeit den Maintainer. Wir treffen uns dann in der Einfahrt.«

Es war so weit. Er erwartete tatsächlich von mir, dass ich den Maintainer fuhr. Jungs, die auf einer Farm aufwachsen, können mit dreizehn Jahren Maschinen bedienen, große Maschinen, und ich war darin keine Ausnahme. Ich hatte gelernt, wie man einen Traktor fährt, sobald meine Beine lang genug waren, um die Pedale zu erreichen. Aber das hier war etwas anderes. Diese Maschine war riesig, und selbst 1962 kostete der Maintainer meinen Großvater wahrscheinlich so viel wie ein kleines Haus. Der Staat bezahlte ihn pro Stunde für die Nutzung der Maschine, aber er hatte sie angeschafft.

Eine solche Maschine brauchte eigentlich einen Fahrer von angemessenen Proportionen. Zudem musste ich damit ja auf Straßen fahren und nicht über weite, flache Felder. Die Anforderungen waren also völlig andere. Ich hatte noch nicht einmal einen Führerschein.

Ich war zwar mit meinem Großvater und meinem Vater schon oft im Führerhäuschen mitgefahren. Wenn sie während der Sommermonate nur den Schotter walzten, hatten sie mich sogar schon ab und zu selbst fahren lassen, aber vorsichtshalber immer neben mir gesessen. Ich hatte es nur zum Spaß ausprobiert. Jetzt wurde es ernst.

An einem warmen Tag den Schotter zu ebnen, hätte ich mir zugetraut. Aber Schnee zu räumen, allein, das war eine andere Sache. Und noch etwas kam mir in den

Sinn. Hatte Grandma Cora nicht gesagt: Der Junge ist damit überfordert?

Mein Vater war dabei umgekommen, als er eine mittelgroße Landmaschine gefahren hatte, und nun verlangte mein Großvater von mir, dass ich auf den Maintainer stieg – die größte, gefährlichste und am schwersten zu bedienende Maschine, die er in seinem Fuhrpark hatte. Anfangs fand ich es schmeichelhaft, dass Großvater mir das zutraute, aber jetzt hatte ich schreckliche Angst und war nicht sicher, ob es in Ordnung war, dass er das von mir verlangte. Vielleicht später einmal, aber jetzt?

Während ich mich umzog, jagten mir immer wieder diese Zweifel durch den Kopf. Trotz der eisigen Temperaturen fühlte ich, wie mir der kalte Schweiß ausbrach. Als ich bereit zum Aufbruch war, reichte mir meine Großmutter noch eine Tüte mit Keksen und zwei Thermoskannen – Kaffee für meinen Großvater und heiße Schokolade für mich. Sie band mir einen Schal um den Hals, den meine Schwester meinem Vater letztes Jahr zu Weihnachten geschenkt hatte. Sie umarmte mich. »George, sei bitte vorsichtig.«

»Grandma?«

»Ja?«

»Ich will wirklich helfen, aber ich weiß nicht, ob ich das kann. Noch nicht.«

Sie legte mir die Hände auf die Schultern, sah mir in die Augen und lächelte. »Wenn du es nicht machen willst, dann lass es. Er wird jemand anderen fragen. Vielleicht wird es ihm nicht gefallen, aber er wird es verstehen. Es wird in Kansas noch genug Gelegenheit zum Schneeräumen geben.«

Ich weiß nicht, warum, aber ich wollte unbedingt ehrlich zu ihr sein. Vielleicht, weil ich ihr so sehr vertraute. Meine Stimme hatte diesen verräterischen Knacks, als ich ihr reinen Wein einschenkte: »Ich habe Angst.«

Sie nahm mich wieder in den Arm und drückte mich an sich. »Natürlich hast du Angst. Das ist auch gut so.«

»Ich will Grandpa nicht enttäuschen.«

Sie sah mich sehr ernst an. »Die Entscheidungen, die wir in jungen Jahren treffen, können für den Rest unseres Lebens Bedeutung haben. Vorsicht kann nie schaden.«

»Aber wonach soll ich mich denn richten?«, presste ich hervor.

»Wenn dein Verstand dir nicht weiterhilft, dann musst du auf dein Gefühl hören oder deinem Herzen folgen.«

Ich hatte in den letzten Wochen versucht, mir über alles Mögliche klar zu werden. Endlich konnte ich in einer schwierigen Entscheidung einen Sinn erkennen. Anstatt darüber nachzudenken, wo ich mein Leben verbringen wollte, musste ich mir darüber klar werden, wie ich es leben wollte. Die Aufforderung meines Großvaters, ihm zu helfen, war wie der Ruf eines uralten Horns von einem Berggipfel – ein Aufruf zu Mut und beherztem Handeln. Sie hallte nicht in meinen Ohren, sondern in meiner Seele wider.

Zukünftig würde ich alleine auf diesen Ruf reagieren müssen. Diesmal, und beim ersten Mal war es sicher am schwersten, hatte ich meinen Großvater an meiner Seite, wenn ich dem Ruf folgte.

Ich gab meiner Großmutter einen Kuss auf die Wange, zog Mütze und Handschuhe an und setzte das breiteste, selbstsicherste Lächeln auf, das ich zustande brachte.

»Auf mich wartet Arbeit.« Damit drehte ich mich um und ging aus der Tür. In gewissem Sinne bin ich nie wieder zurückgekommen.

An diesem Dezembermorgen wurde ich ein Straßenwart. Der Große Bo McCray erklärte mir, wie man den Schneepflug hob, den Winkel einstellte und die Geschwindigkeit regelte, bevor wir die Einfahrt verließen. Aber erst viele Jahre später verstand ich, was er mir damals wirklich beibrachte. Mein Großvater überreichte mir damals ein neues Handbuch für Erwachsene, damit ich meinen kindischen Leitfaden vernichten konnte, der mich in diesem Jahr schon so im Stich gelassen hatte. Ich lernte ein gewisses Misstrauen gegenüber Regeln, die sich von Anspruchsdenken oder meinen eigenen Bedürfnissen herleiteten. Stattdessen lernte ich, Regeln zu akzeptieren, die der Wahrheit oder der Sorge um andere verpflichtet waren.

Die Erinnerungen an die folgenden Tage, als ich Seite an Seite mit meinem Großvater arbeitete, gaben mir in meinem späteren Leben Halt, wenn ich wieder jenem Ruf folgen musste. Ich musste dann keine Straßen räumen, sondern vielmehr mein eigenes Leben in Ordnung bringen – und in diesen Zeiten brauchte ich verlässliche Regeln, die mich nicht im Stich ließen.

ZWANZIG

Mein Großvater erklärte mir eine Funktion nach der anderen, während wir die Straße Richtung Ortschaft hinunterfuhren. »Die Gangschaltung regelt Geschwindigkeit und Leistung. In einem niedrigeren Gang hast du mehr Kraft, wenn du schwere Schneeladungen beiseiteräumen musst, aber dafür bist du langsamer. Die meiste Zeit fährst du im dritten Gang, in tiefem Schnee solltest du aber in den zweiten schalten.«

Rechts neben dem Fahrersitz befand sich ein Hebel, mit dem man die Höhe der Schaufel einstellen konnte. »Ich möchte, dass du genau hinhörst, wenn ich jetzt die Schaufel vorsichtig ein paar Zentimeter senke.«

Ich spürte, wie der Motor stotterte und wir etwas langsamer wurden. Das Geräusch von Schnee, der von der Straße geschoben wurde, mischte sich hin und wieder mit dem Knistern des Schotters, der an der Schaufel abprallte.

»Dreh dich mal um und sieh dir den Schnee an, den wir beiseitegeschoben haben. Was siehst du noch?«

»Schottersteinchen, die sich mit dem Schnee vermischen«, sagte ich, während ich einen Blick über meine Schulter warf.

»Richtig. In den Sommermonaten gibt der Staat eine Menge Geld dafür aus, den Schotter auf diesen Straßen zu verteilen. Sie sind nicht erpicht darauf, dass die McCrays die Wintermonate damit verbringen, das Zeug in den Graben zu befördern. Hör noch einmal zu, ich werde die Schaufel jetzt ein kleines Stück über die ideale Höhe anheben.« Der Maintainer schien anzuziehen, und der Motor lief leichter. »Jetzt dreh dich noch einmal um. Was siehst du?«

»Die Reifen hinterlassen eine Spur im Schnee.«

»Kluges Kerlchen; daran erkennst du, dass die Schaufel zu hoch eingestellt ist. Es sollte nicht so viel Schnee liegen bleiben, dass die Reifen deutliche Spuren hinterlassen können.«

»Klingt logisch.«

»Und noch etwas, George. Das hier ist eine große, starke Maschine. Wenn du damit vom Weg abkommst, wird es gefährlich.«

Mir wurde schmerzlich bewusst, dass er auf meinen Vater anspielte, aber ich fragte trotzdem nach: »Was meinst du damit, Grandpa?«

»Du musst zu jedem Zeitpunkt genau wissen, wo du dich auf der Straße befindest. Wenn du zu weit rechts oder links fährst, kannst du mit einem Reifen in den Graben geraten und feststecken oder Schlimmeres. Wenn du nicht nach vorne schaust, läufst du Gefahr, mit einem Auto zusammenzustoßen. Wenn du nicht nach hinten schaust, weißt du nicht, ob du deine Arbeit richtig machst.«

»Aber ich kann doch wohl nicht in alle Richtungen gleichzeitig schauen?«

»Du kannst es. Es ist nur eine Frage der Übung. Lass dir Zeit und fahr zuerst nur langsam, bis es dir in Fleisch und Blut übergegangen ist.« Er bremste ab, bog links auf eine schmalere Straße ab und brachte den Maintainer am Straßenrand zum Stehen. Dann öffnete er die Tür zum Führerhäuschen, machte den Fahrersitz frei und stellte sich auf das Trittbrett. »Also, rutsch rüber und versuch es selbst.«

Ich hievte mich von meinem engen Platz links neben ihm, auf den ich mich gezwängt hatte, und ließ mich auf den Fahrersitz sinken. Mein Großvater nickte mir aufmunternd zu und blieb auf dem Trittbrett stehen. Ich streckte meinen Fuß aus, um an das Kupplungspedal zu kommen, legte den dritten Gang ein, gab Gas und ließ langsam die Kupplung kommen, bis sie einrastete. Die Tür des Führerhäuschens stand offen, und Schnee und Wind bliesen herein, aber ich achtete nicht darauf und versuchte, Kurs zu halten. Ich sah im Rückspiegel auf die Straße hinter mich und konnte meine Spuren erkennen, also senkte ich die Schaufel ein wenig.

Nachdem ich eine kurze Strecke gefahren war, gab mir mein Großvater noch ein paar Anweisungen. »Üb noch ein paar Mal das Losfahren und Anhalten und versuche, die linke Kante der Schaufel genau auf der Mitte der Straße zu halten. Auf diese Weise kannst du auf dem Rückweg die andere Straßenseite räumen.«

Ein Blick nach hinten sagte mir, dass ich nicht geradeaus gefahren, sondern immer wieder seitlich abgekommen war. »Es ist ziemlich schwierig, geradeaus zu fahren.«

»Du machst das gut. Stell dir eine Linie entlang des rechten Straßenrands vor und fahr mit dem rechten Rad genau darauf entlang.«

Gegen Mittag und nach etlichen Anweisungen und Verbesserungsvorschlägen hatten mein Großvater und ich die Moonlight Road, die Prairie Road und die Four Corners Road geräumt. Jetzt wollten wir nach Haus zum Mittagessen.

Ich hatte das Gefühl, als hätte mein Großvater an diesem Morgen mehr Worte an mich gerichtet als in all den vergangenen Monaten bis Dezember zusammen. Er schien mit meinen Fortschritten sehr zufrieden zu sein.

Beim Mittagessen ging meine Großmutter die Liste der Notrufe aus der näheren Umgebung durch.

»Die Tochter von Rather ist hochschwanger, und der Termin ist schon nächste Woche. Sie machen sich Sorgen, dass sie nicht zum Krankenhaus durchkommen, und hoffen, dass ihr die Straße frei halten könnt.«

»Sherry Rather«, sinnierte mein Großvater. »Das ist jenseits der Waverley Road.«

»Kennst du die Waverley Road?«, fragte er mich.

»Sie verläuft südlich vom Highway und nördlich der Lone Elm Road.«

»Klar, ich kenne die Gegend und weiß genau, wo die Rathers wohnen.«

Meine Großmutter ging zur nächsten Notiz über. »Mrs Slater hat nur noch für zwei Tage Insulin. Sie wohnt gleich neben dem Highway an der Crossing Trails Road.«

»Ja, ich weiß, wo das ist.«

Meine Großmutter nahm den letzten Notizzettel in die Hand. »Die alte Mrs Reed hat angerufen und wollte sichergehen, dass ihr sie nicht vergesst.«

Mein Großvater verdrehte die Augen. »Ich habe ihre Einfahrt erst vor zwei Tagen geräumt.«

Meine Großmutter lachte. »Du weißt doch, wie alte Leute sind. Sie machen sich immer Sorgen.«

»Cora, Mrs Reed ist nur vier Jahre älter als ich!«

Meine Großmutter lächelte, erwiderte aber nichts. Mein Großvater nahm ein Blatt Papier und machte eine Skizze für mich. »George, sieh dir das an. Kannst du damit etwas anfangen?«

Ich sah auf das Papier und wusste genau, worauf er hinauswollte. »Klar, Großvater, ich hab schon verstanden.«

»Also, lass dir Zeit und mach deine Sache gut. Wenn du zurückkommst, kannst du dich ausruhen, und ich übernehme noch eine Schicht. Hast du noch irgendwelche Fragen?«

»Nur eine.«

»Ja?«

»Was ist, wenn ich ein Problem bekomme? Wenn ich liegenbleibe?«

»Du bist nie weiter als zwölf Kilometer von zuhause entfernt, weil wir für einen Radius von zwölf Kilometer zuständig sind. Notfalls kannst du also nach Hause laufen. Im Führerhäuschen liegen noch ein zusätzliches Paar Handschuhe und Mützen. Du kannst dich an alle Nachbarn in der Umgebung wenden, sie werden versuchen, dich nach Hause zu bringen. Ich räume jetzt seit 25 Jahren die Straßen mit diesem alten Ungeheuer, und es hat mich noch nie im Stich gelassen. Ich würde mir keine Sorgen machen.«

Er drehte sich zum Spülbecken um, füllte seinen Zinnbecher mit Wasser und reichte ihn mir. »Trink aus.«

Meine Großmutter gab mir noch eine Tüte mit ihren selbst gebackenen Schokoladenplätzchen mit, füllte meine Thermoskanne auf und schickte mich dann mit dem Auftrag zur Hintertür hinaus, die Straßen von Cherokee County zu räumen.

Als ich die Tür des Führerhäuschens öffnete, war auf einmal alle Angst verflogen. Ich hatte das Gefühl, an diesem Morgen mindestens zehn Zentimeter gewachsen zu sein. Ich legte den Gang ein, ließ die Kupplung kommen und fuhr die Straße hinunter, meinem ersten eigenen Auftrag entgegen. Ich fuhr besonders langsam und fühlte mich immer sicherer, je weiter ich nach Osten kam.

Als ich an Thornes Behausung vorbeikam, wurde ich noch langsamer, um besser sehen zu können. Sein brauner Lastwagen stand in der Einfahrt, aber Tucker war nicht zu sehen. Zum Glück war Thorne einsichtig genug, Tucker bei diesem Schneetreiben im Haus zu behalten. Ich fragte mich, ob er meine Nachricht einfach übergangen hatte und ob er überhaupt lange genug nüchtern war, um sich damit zu befassen.

Der Maintainer beförderte den Schnee mühelos zur Seite. Ich hatte immer noch Schwierigkeiten, die Schaufel in der Mitte der Straße zu halten, und wer mich beobachtete, musste denken, dass Bo McCray auf seine alten Tage nachgelassen hatte.

An diesem Tag waren nur wenige Autofahrer unterwegs, aber die paar, die mir begegneten, winkten und schienen überrascht, mich hinter dem Steuer zu sehen. Der Anblick von Bo McCrays Enkel auf diesem Ungetüm genügte wahrscheinlich, um sie von jeder weiteren Benutzung der Straßen abzuschrecken.

Während ich Schnee räumte, erledigte mein Großvater die nachmittägliche Stallarbeit. Als ich abends gegen fünf Uhr wieder auf dem Heimweg war, bremste ich vor Thornes Haus ab und hielt nach Tucker Ausschau. Thornes Lastwagen stand in der Einfahrt, und Tucker war draußen angebunden, aber diesmal näher an der Veranda, wo er zumindest vor dem Schnee Schutz fand. Er musste mich erkannt haben, denn er zerrte an der Kette, wedelte mit dem Schwanz und bellte auf vertraute Weise. Ich wollte schon anhalten, aber dann dachte ich, dass ich die Sache nur verschlimmern würde, fuhr den Hügel hinauf und machte Feierabend. Bevor ich ins Haus ging, stattete ich Grandpa im Stall einen kurzen Besuch ab, um mich zu erkundigen, ob er etwas brauchte. Er schickte mich mit dem Vorschlaghammer zum Teich hinunter, um dort erneut das Eis aufzuhacken.

Nach einem kurzen Imbiss ging Grandpa wieder hinaus, um den Maintainer aufzutanken. Er benutzte dazu das Dieselöl aus dem Tank neben unserer Scheune, der zwölfhundert Liter fasste. Als der Tank des Schneepflugs gefüllt war, setzte Grandpa sich ins Führerhäuschen, gab Gas und räumte bis in die frühen Morgenstunden hinein Schnee.

Während er arbeitete, lag ich im Bett und wusste nicht recht, was ich von seinem nächtlichen Einsatz halten sollte. Ich hatte schon einmal versucht, bei Dunkelheit zu fahren. Selbst mit Scheinwerfern war es mühsam, einen geraden Kurs und eine angemessene Pflugtiefe zu halten. Das Schneeräumen bei Nacht war bestimmt noch schwieriger. Aber ich hatte großes Vertrauen zu meinem Großvater und sagte mir, dass er der Aufgabe schon gewachsen sein würde.

Am nächsten Tag wiederholten wir unsere Aufteilung. Es schneite noch immer, wenn auch nicht mehr ganz so stark. Grandpa sah müde aus. Während wir zusammen die Kühe molken, erzählte er mir von alten Zeiten, als er die Straßen noch mit Pferden wie Dick und Dock räumen musste, wie langsam es voranging, aber es gab auch weniger Straßen.

Die Pferde konnten gegen solche Schneemassen nichts ausrichten, und man hatte wohl oder übel auf Tauwetter warten müssen. Damals war vieles anders, die Leute waren Selbstversorger. Es gab weder Strom noch Telefonleitungen oder Krankenwagen in der Gegend. Es spielte keine große Rolle, ob die Straßen unpassierbar waren.

Er bewahrte das Geschirr und den alten Schneepflug, den die Pferde gezogen hatten, noch immer im Geräteschuppen auf, zusammen mit ein paar anderen wertvollen Dingen aus dem Familienbesitz der McCrays: einen Mähdrescher der Marke International Harvester und einen Massey-Ferguson-Traktor, Pflüge, Ackerfräsen, Sämaschinen, Rasenmäher in verschiedener Ausführung, Heurechen und Ballenpressen.

Einige der landwirtschaftlichen Geräte waren neu, die meisten jedoch alt, und die Reparaturen nahmen kein Ende.

Der alte Schneepflug war seit Jahrzehnten nicht mehr von Pferden gezogen worden, aber ab und zu ritt Grandpa noch auf Dick oder Dock aus, meistens nahm er dann im Frühling an der Crossing-Trails-Pioneer-Parade teil.

Ich glaube, dass er seine Gründe hatte, warum er

noch immer Pferde hielt und den Schneepflug aufbewahrte. Wenn der Maintainer einmal ausfallen sollte, konnte er die Straßen mit den Pferden räumen, selbst wenn sie 1962 schon viel zu alt dafür waren. Und wenn die Pferde den Schneepflug nicht mehr ziehen konnten, dann hatte er immer noch zahllose Schaufeln, und wir hätten den Schnee mit der Hand wegräumen können, Meter für Meter. Manch einer mochte ihn als stur bezeichnen, aber das war nur die halbe Wahrheit – Big Bo McCray war eine Kämpfernatur.

EINUNDZWANZIG

Nachdem ich am nächsten Morgen mit dem Melken fertig war und das Eis im Teich aufgehackt hatte, gingen mein Großvater und ich zur Scheune. Er bat mich, eine Milchkanne aus dem Kühlschrank zu holen und die Milch in zwanzig sterile Glasflaschen abzufüllen. Den Rest aus der Kanne schüttete er vor der westlichen Scheunentür aus. »Was machst du da?«, fragte ich.

»Die Tankwagen von der Molkerei kommen nicht durch, und der Kühlschrank ist voll. Die Molkerei nimmt keine Milch an, wenn sie nicht frisch ist.«

»Räumen wir die Straßen nicht ausreichend?«

»Wir schon, aber die anderen Straßenwarte im Bezirk sind im Verzug. Sie konnten im Norden noch nicht bis zur Molkerei vordringen, und die letzten fünfzehn Zentimeter Schnee haben sie weit zurückgeworfen. Die Tankwagen von der Molkerei laufen Gefahr, stecken zu bleiben, wenn sie bis hier herausfahren. Wenn das passiert, ist eine ganze Tageslieferung unbrauchbar. Das Risiko ist geringer, wenn sie warten, bis die Straßenverhältnisse wieder besser sind.«

»Warum helfen wir ihnen nicht? Wir könnten doch die Straße zur Molkerei für sie räumen. Ich kann das heute machen. In Ordnung?«

»Für uns wäre es von Vorteil, wenn wir zur Molkerei durchkommen würden, aber wir müssen auch an die anderen Leute in der Gegend denken. Ich kann nicht einfach das machen, was uns nützt, und die Bedürfnisse der anderen Leute hintanstellen.«

»Nein, das stimmt.«

»Eben. Wir haben eine ganze Liste von Straßen, die als Erstes geräumt werden müssen. Die Straße zur Molkerei gehört nicht dazu.«

Nachdem wir uns zu einem kurzen Frühstück zusammengesetzt hatten, zeichnete Grandpa eine weitere Straßenskizze. Er stellte zwei große Kisten mit Milchflaschen auf den Tisch. Ich sollte nicht nur die Straßen räumen, sondern auch noch Waren ausliefern.

»Die Leute können die Straßen nicht befahren, und wir haben Milch übrig. Ich werde zwanzig Liter in Kisten hinten in den Maintainer stellen. Dort steht schon eine Kiste mit Eiern und anderen Vorräten. Ich nehme auf dem Weg immer die Vorräte mit, die unsere Nachbarn erübrigen können, und versuche, sie an die Familien zu verteilen, die nicht genug zu essen haben. Immer mehr Telefonleitungen sind unterbrochen, und Straßen sind unpassierbar. Den Leuten geht langsam das Notwendigste aus.«

»Was soll ich machen, Grandpa?«

»Ich möchte, dass du zu jedem Haus hinfährst und die Einfahrt räumst. Die meisten Bauern haben selbst einen kleinen Schneepflug, den sie an ihren Traktor anhängen, aber mit dem Maintainer kannst du in zwei Minuten schaffen, wofür sie sonst einen ganzen Tag brauchen. Danach steigst du aus und klopfst an die Tür. Vergewissere dich, dass es allen gut geht. Biete ihnen an, was immer sie von unseren Vorräten brauchen, und sammle im Gegenzug das ein, was sie erübrigen können, einschließlich leerer Milchflaschen, damit wir sie wieder befüllen können.« Er hielt inne und sah mich an. »Schaffst du das, George?«

Ich zögerte nur einen Augenblick. Ich war müde und nicht gewöhnt, so lange und so hart zu arbeiten. Ich brauchte eine Pause. Ich hatte noch immer die Worte meiner Großmutter im Ohr – es würde ein hartes Stück Arbeit werden –, und ich fragte mich ein wenig trotzig, ob es nicht jemand anderen gab, der das besser erledigen konnte als ich. Es kam mir so vor, als ob mein Großvater und ich die Arbeit für die ganze Gegend hier machen mussten. Ich wünschte, mein Vater wäre bei uns gewesen, um uns zu helfen, aber gleichzeitig wusste ich, was er zu mir gesagt hätte. Es war unsere Aufgabe, uns um die Straßen kümmern. Es war unsere Pflicht, unseren Nachbarn zu helfen. *Steig einfach wieder auf den Maintainer, George, und räum die Straßen.*

»Ich werde mein Bestes tun.«

»Wir müssen uns beeilen, George, bevor sich die

Lage verschlimmert. Für schweres Schneetreiben habe ich noch ein paar Tricks auf Lager. Erstens heben wir die Schaufel etwas an und lassen acht Zentimeter Schnee auf der Straße liegen. Die Autos können diese Schneehöhe noch bewältigen, und wir kommen umso schneller voran, je weniger Schnee wir beiseiteräumen müssen. Auf diese Weise braucht man nicht in den zweiten Gang runterzuschalten. Zweitens räumen wir auf allen größeren Straßen nur noch eine Spur. Die zweite Spur können wir zu einem späteren Zeitpunkt nachholen.«

»Damit der Notfallwagen zumindest irgendwie durchkommt?«

»Genau. Du musst Folgendes wissen: Wir schaffen auf diese Weise eine Menge Einbahnstraßen. Wenn sich nun zwei Autos begegnen, wird niemand sein Vorfahrtsrecht aufgeben wollen, aus Angst, stecken zu bleiben. Es wird Probleme geben.«

»Was sollen wir tun?«

»Zuallererst möchte ich, dass du allen sagst, dass sie in den nächsten 48 Stunden die Straßen nicht benutzen sollen, damit wir die Möglichkeit haben, beide Spuren zu räumen. Nur Notfalleinsätze und unaufschiebbare Fahrten. Zweitens musst du etwa alle vierhundert Meter zurückstoßen und einen Ausweichplatz räumen, damit zwei Autos aneinander vorbeipassen.«

»Kann ich machen.«

»Du kannst etwa einen knappen Kilometer meine Strecke von gestern Nacht abfahren, damit du einen

Eindruck davon bekommst, was ich meine. George, heute gibt es zwei wichtige Dinge, die du unbedingt erledigen musst.«

»Was?«

»Zum einen musst du den Weg in die Stadt räumen, damit der Tankwagen zu uns herausfahren und uns Dieselöl liefern kann. Unser Vorrat reicht nur noch für zwei Tage.«

»Okay. Was noch?«

»In dieser Schachtel ist Insulin für Mrs Slater. Ich habe es letzte Nacht bei Doktor Richardson abgeholt. Sie muss es heute bekommen. Ohne das Insulin könnte sie schwer krank werden, vielleicht sogar sterben. Weißt du noch, wo sie wohnt?«

»An der Crossing Trails Road.«

»Richtig.«

Meine Großmutter reichte mir eine Tüte mit meiner Brotzeit und der Thermoskanne. Sie gab mir einen Kuss und sagte: »Sei vorsichtig, George.«

»Mach dir keine Sorgen. Ich komme schon zurecht.« Ich versuchte, mir mit diesen Worten selbst Mut zu machen.

An diesem kalten Dezembermorgen machte ich mich auf den Weg, um die Straßen zu räumen, die mein Großvater eingezeichnet hatte, und an jedem Haus zu halten. Mein erster Zwischenstopp würde der schwierigste werden. Es war Frank Thornes Haus.

ZWEIUNDZWANZIG

Im zweiten Gang bog ich in die Einfahrt ein. Den Reifenspuren im Schnee nach zu schließen, war sein Wagen stecken geblieben. Ich räumte die Einfahrt frei, wie mein Großvater es mir aufgetragen hatte. Dann parkte ich den Maintainer. Ich nahm all meinen Mut zusammen und klopfte an die alte Haustür, um mich zu vergewissern, dass Frank Thorne keine Not litt.

Sofort fing Tucker zu bellen an, aber ich erkannte, dass es kein ängstliches oder drohendes Bellen war. Er wusste, dass ich vor der Tür stand, und freute sich. Ich klopfte noch einmal, aber wieder antwortete niemand.

Vorsichtig schob ich die Tür auf und wurde von Tucker begrüßt. Er versuchte, an mir vorbei auf die Veranda zu kommen. Obwohl ich kein erfahrener Hundehalter war, erkannte ich am Jaulen eines Hundes, wenn er hinausmusste, um seine Notdurft zu verrichten. Nach wenigen Augenblicken war er wieder an meiner Seite, und ich öffnete die Tür und ließ ihn wieder ins Haus. Er sprang aufgeregt auf und ab. Offenbar vermisste er mich genauso, wie ich ihn. Ich steckte den Kopf in die Tür. »Mr Thorne, sind Sie zuhause?«

Im Haus war es dunkel, und ich konnte im fahlen Morgenlicht nicht viel erkennen. Ich schob Tucker zur Seite und ging hinein. Nach ein paar Sekunden hatten sich meine Augen an das dämmrige Licht gewöhnt. Ich versuchte es noch einmal. »Mr Thorne, sind Sie hier?«

Ich hörte ein leises Stöhnen. Neben der Tür stand ein kleiner Tisch mit einer Lampe darauf. Ich suchte nach dem Schalter, um sie anzuknipsen. Auch bei Thorne war der Strom ausgefallen. Das einzige Licht kam von der Glut im Kanonenofen.

Selbst bei dieser Beleuchtung konnte ich erkennen, dass der Raum noch dreckiger war als beim letzten Mal. Frank Thorne hatte Tucker nicht hinausgelassen, und Tucker hatte ein oder zwei Häufchen in die Ecke gesetzt. Es stank fürchterlich. Kein Wunder, dass er unbedingt hinausgewollt hatte. Vom Sofa, das in der Ecke nahe beim Fenster stand, sah mich Thorne mit seltsam starrem Blick an. »Was willst du?«

Ein Schauder überlief mich.

»Los, Junge, spuck's aus.« Er schien ungeduldig zu sein.

»Mr Thorne, mein Großvater schickt mich. Ich meine, also, ich räume die Straßen. Wir fahren in Schichten, wegen der Schneemassen. Ich habe Ihre Einfahrt für Sie geräumt. Er wollte, dass ich kurz hereinschaue und nachsehe, ob es Ihnen gut geht und ob Sie etwas brauchen. Ich habe Milch und Eier dabei, falls Sie welche brauchen.«

Er setzte sich mühsam auf. »Ich bin zu krank, um überhaupt was zu essen. Komm hierher, Junge.«

Als ich näher trat, merkte ich erst, wie eisig kalt es in dem Raum war. Die einzige Wärmequelle waren ein paar glimmende Holzscheite im Ofen. Kein Wunder, dass er krank war. Ich versuchte, um die Dreckhaufen auf dem Boden einen Bogen zu machen. Als ich näher kam, merkte ich, dass Thorne zitterte.

»Ich habe deine Nachricht bekommen. Du willst also meinen Hund?«, höhnte er.

Natürlich wollte ich Tucker, aber ich mochte die Art nicht, wie er danach fragte. »Ich glaube, ich könnte mich wirklich gut um ihn kümmern.«

»Dieser Hund ist das Einzige, was ich noch habe, was überhaupt einen Pfifferling wert ist.« Er blickte sich um und machte eine ausladende Geste, als wollte er mir den Raum zeigen. »Das hier ist kein Schloss.« Er rief nach Tucker. »Komm her, Red.«

Zu meiner Überraschung wedelte Tucker mit dem Schwanz und lief zu Thorne.

Der kranke Mann fuhr ihm mit den Fingern durchs Fell und redete liebevoll mit ihm. »Du bist ein braver Kerl, nicht wahr?«

Dann sah er mich an. »Ich sag dir mal was, George. Du fährst jetzt mit diesem Maintainer hinauf zu Wild Tom Turner nach Blackberry Hill und sagst ihm, dass es bei Frank Thorne einen Engpass gibt und er zwei Flaschen …«, er zögerte, »… zwei Flaschen von seiner besten Medizin braucht. Die bringst du mir, und dann reden wir über meinen Hund.«

Er wickelte die Decke enger um sich und sagte: »Wie wär's, mein Junge?« Er hustete und ließ sich zurück aufs Sofa fallen. Er war eindeutig krank, aber ich wusste nicht, ob der Alkohol oder etwas anderes daran schuld war.

»Ich denk drüber nach«, sagte ich leise. Ich hatte noch nie etwas von Wild Tom Turner oder Blackberry Hill gehört, und ich fragte mich, ob das die ganze Sache wert war.

»Denk nicht zu lange darüber nach, Junge. Und während du nachdenkst, wirf ein paar Scheite in diesen Ofen.«

Ich entdeckte ein paar Späne, öffnete das Ofentürchen und warf sie hinein. Es war zu wenig, um irgendeine Wirkung zu erzielen. »Soll ich mehr Holz hereinholen?«

»Es gibt keines mehr, außer du hackst es. Bring mir einfach nur meine Medizin, dann kann der alte Frank Thorne schon für sich selbst sorgen.«

Ich hatte noch viel Arbeit vor mir und fühlte mich unbehaglich, deswegen wandte ich mich zum Gehen. »Auf Wiedersehen, Mr Thorne.« Es fiel mir unendlich schwer, Tucker zurückzulassen, aber ich war trotzdem froh wegzukommen. Ehe ich die Tür öffnete, beugte ich mich zu Tucker hinunter und flüsterte: »Irgendwie kriege ich dich hier raus, so oder so.«

Als ich mich aufrichtete und mich noch einmal nach Thorne umdrehte, fiel mein Blick auf das Foto von ihm und meinem Vater. Es blieb für mich ein Rätsel: der Mann, den ich am meisten verehrte, und der, den ich am meisten verachtete, zusammen auf einem Bild.

Ich kletterte wieder auf den Maintainer und fuhr nach Osten. Ich hatte viel zu tun, und die Arbeit hielt mich zumindest davon ab, dauernd daran zu denken, mit Tucker durchzubrennen.

Alle Nachbarn freuten sich über meinen Besuch. Sie baten mich herein, damit ich mich aufwärmen konnte, aber ich lehnte ab, weil ich keine Zeit hatte. Alle boten ihre Hilfe an. Ich erklärte ihnen die Sache mit dem Vorratsaustausch und bat sie, die Straßen nicht zu benutzen. Sie gaben mir alle Nahrungsmittel und Vorräte mit, die sie erübrigen konnten – Streichhölzer, Schinken, Salz, Laternen und vieles mehr.

Als Nächstes bog ich in die Einfahrt der Fishers ein. Hank Fisher kannte jeden hier in der Gegend. Mir fiel ein, dass er vielleicht den Verdacht bestätigen könnte, der sich mir aufgedrängt hatte. »Mr Fisher, kennen Sie einen Mann namens Tom Turner? Er soll in Blackberry Hill oder so ähnlich wohnen.«

Er sagte nichts und sah mich entgeistert an. »Hör mal, George, warum willst du das wissen?«

»Frank Thorne hat mich gebeten, bei Mr Turner irgendeine Medizin abzuholen und sie ihm zu bringen.«

Hank Fisher rieb sich den Schnurrbart, als würde er

furchtbar jucken. Seine Augen wurden schmal, und er schien sich eine Entscheidung abzuringen. »George, ich glaube, du bist alt genug, um es zu erfahren, deswegen schenke ich dir reinen Wein ein. Wild Tom Turner ist noch viel schlimmer als Thorne. Halte dich von ihm fern. Lass dich von Thorne nicht in irgendetwas hineinziehen. Diese Medizin, die Thorne haben will – das ist Alkohol.«

So viel hatte ich mir selbst zusammenreimen können. Ich wusste, dass ich Thorne diesen Gefallen nicht tun durfte. Andererseits würde er wahrscheinlich so oder so weitertrinken. Was machte es also, wenn ich ihm half, besonders wenn ich dadurch Tucker zurückbekommen würde?

Ich bezweifelte, dass Mr Fisher mein Dilemma verstehen würde, deshalb kletterte ich wieder auf den Maintainer und setzte meine Arbeit fort. Ich bemühte mich, nicht mehr an Thornes Auftrag zu denken.

Ein Junge, der mit einem Maintainer voller Lebensmittel und Vorräte unterwegs ist, muss ein merkwürdiger Anblick gewesen sein, aber überall, wo ich hielt, traf ich auf freundliche und dankbare Menschen, die mich irgendwie zu kennen schienen, obwohl ich sie nicht kannte. Sie erkundigten sich alle nach ihren Nachbarn und wollten wissen, wie sie mir oder sonst jemandem helfen konnten.

Im Laufe des Tages wurde mir klar vor Augen geführt, dass die Bewohner von Cherokee County ein ganz besonderer Menschenschlag waren – großzügig, mitfühlend und aufopferungsvoll. Ich war stolz, einer von ihnen zu sein, und wusste, dass es schwer werden würde, diese Gemeinschaft – zu der ich gehörte – zu verlassen. Wieder versuchte ich, nicht an Minnesota zu denken, wie so oft in den letzten Wochen, und staunte, wie viele Menschen hier bereit waren, ihren Nachbarn zu helfen. Viele boten an, eine Schicht auf dem Maintainer zu übernehmen, aber ich wusste, dass die Lage noch lange nicht so verzweifelt war, dass mein Großvater Hilfe von irgendjemand annehmen würde, der nicht McCray hieß.

Die Leute waren einiges gewöhnt, aber sie schienen von den extremen Wetterverhältnissen eingeschüchtert. Für manche waren mein Großvater und ich in dieser Woche der einzige Kontakt zur Außenwelt. Egal ob sie Freunde oder Fremde waren, alle wollten Neuigkeiten hören, aber vor allem wollten sie Grandpa und mir zeigen, wie sehr sie unsere Arbeit zu schätzen wussten. Manche meinten, dass es ohne Fernseher, Radio und Telefon so still war und sie seit Tagen nichts als das Heulen des Schneesturms vor den Fenstern gehört hätten – und das willkommene Geräusch des riesigen Maintainers, der in ihre Einfahrt bog.

Während ich meine Arbeit machte und mich bemühte, die Straßen anständig zu räumen, musste ich immer wieder an Thorne und sein Angebot denken, obwohl mir Mr Fishers Reaktion zu denken gab. Aber was für einen Schaden konnte ich denn schon anrichten, wenn ich Thorne ein paar Flaschen besorgte? Wenn ich es nicht tat, würde er einen anderen finden, der es machte. Wenn ich es tat, würde ich vielleicht Tucker zurückbekommen.

Es war mein dritter Arbeitstag auf dem Maintainer. Ich arbeitete die Mittagspause durch und biss ab und zu von meinem Brot ab, während ich die Straße im Auge behielt. Gegen drei Uhr nachmittags war ich meinem Zeitplan ein Stück voraus. Wenn ich neun Kilometer nach Westen und drei nach Osten Richtung Crossing Trails fuhr, konnte ich vielleicht die Straße für den Milchtankwagen frei machen. Aber ich musste mich unbedingt auch um Mrs Slater kümmern, deswegen beschloss ich kein Risiko einzugehen. Sie lebte weiter östlich, also wendete ich den Maintainer in ihre Richtung und räumte weiter.

Ich hielt die Augen offen, in der Hoffnung, dass das Schicksal mich vielleicht zu Tom Turner führen würde. Wie die meisten Leute, die Ärger suchen, sollte ich schnell erfahren, dass man ihn leicht finden konnte.

Als ich an Mrs Slaters Tür klopfte, öffnete niemand. Ich fragte mich, ob sie vielleicht bei den Nachbarn war. Ich klopfte noch einmal und wartete eine Weile, dann ging ich um das Haus herum und versuchte, durch die Fenster zu spähen. Ich entdeckte sie auf dem Sofa. Mrs Slater lebte allein. Ich dachte, dass ihre Medizin wohl wichtiger war als ihr Nachmittagsschläfchen, also klopfte ich energisch gegen das Fenster. Sie fuhr zusammen und horchte auf das Geräusch, stand aber nicht auf. Ich klopfte noch einmal. Sie wirkte verwirrt.

Ich ging zur Hintertür. Sie war unverschlossen, und ich trat ein.

»Mrs Slater, ich bin George McCray. Ich habe Ihre Medizin dabei.«

»Komm bitte herein.« Ihre Stimme klang schwach, als ob sie krank wäre. Drinnen merkte ich, dass sie trotz der Kälte schwitzte und dabei zitterte.

»Hast du mein Insulin dabei?«

Ich griff in meine Tasche und gab ihr die kleinen Glasampullen. »Ja, hier ist es.«

»Gott sei Dank hast du es geschafft. Ich habe gar nichts mehr.«

Nachdem sie sich das Insulin gespritzt hatte, meinte sie, es ginge ihr schon besser. Ich lief zum Maintainer und holte Milch und andere Vorräte. Dann versprach ich ihr noch, dass entweder mein Großvater oder ich bald wieder bei ihr vorbeischauen würden. Sie schloss mich in die Arme und wollte gar nicht aufhören, mir zu danken.

Ich machte mich mit dem Maintainer auf den Heimweg. Diesmal kam ich aus der anderen Richtung und entdeckte einen umgefallenen Briefkasten, der aus dem Schnee ragte, wo einmal eine Einfahrt gewesen sein musste. Sie sah eher aus wie ein Feldweg und war mir noch nie aufgefallen. Dann entdeckte ich die schwarzen Buchstaben auf dem Briefkasten, URNER. Hier war es.

Der Feldweg führte den Hügel hinauf zu einem kleinen Wäldchen. Ich hatte den Auftrag, alle Einfahrten zu räumen, und dies hier sah für mich aus wie eine Einfahrt. Ich wendete den Maintainer, fuhr langsam den Blackberry Hill hinauf und räumte den Schnee zur Seite.

DREIUNDZWANZIG

Oben auf der Anhöhe stand ein Wohnwagen mitten in einem Haufen von Blechtonnen, Reifen und verbeulten Kotflügeln, die aus dem tiefen Schnee auf dem Hof herausragten. Ich wendete den Maintainer und blieb einen Augenblick sitzen. Ich versuchte, mich aufzuraffen und entweder auszusteigen und zur Tür des Wohnwagens zu gehen oder den zweiten Gang einzulegen und wieder den Hügel hinunterzufahren. Ehe ich mich entscheiden konnte, wurde die Tür aufgerissen, und ein alter Mann kam heraus, gefolgt von zwei schiefergrauen Jagdhunden. Wild Tom Turner trug schmutzige Jeans und Cowboystiefel. Er spuckte braunen Tabaksaft in den weißen Schnee.

Als er näher kam, legte ich den Leerlauf ein und öffnete die Tür des Führerhäuschens, blieb aber sitzen. Er musterte mich argwöhnisch.

»Mein Name ist George McCray. Mein Großvater schickt mich. Ich soll nachsehen, ob bei Ihnen alles in Ordnung ist. Wenn Sie Lebensmittel brauchen – ich habe Milch und Vorräte dabei, um Ihnen auszuhelfen.«

Er lächelte verschlagen und entblößte dabei gelbliche Zähne. Der Gedanke, etwas umsonst zu bekommen, schien ihm zu gefallen. »Wie nachbarschaftlich von dir, mein Junge.«

»Ich möchte Sie außerdem bitten, heute und morgen die Straßen nicht zu benutzen. Wir versuchen, erst einmal nur eine Spur für Noteinsätze zu räumen. Später kommen wir zurück und räumen die zweite Spur.«

»Ich habe nicht vor, irgendwohin zu fahren.«

»Danke.« Ich stockte und versuchte, Mut zu fassen, um ihm Thornes Anliegen vorzutragen.

»Du bist also Big Bo McCrays Sohn?«

»Enkel«, korrigierte ich.

Er nickte anerkennend und sagte: »Ich würde etwas Milch nehmen, wenn du sie erübrigen kannst.«

Ich griff hinter mich und gab ihm zwei Flaschen. Er nahm sie und ging wieder zum Wohnwagen. »Warten Sie«, rief ich ihm hinterher. »Sie sind doch Mr Turner, nicht wahr?«

Er drehte sich um und spuckte wieder aus. »Ja, und?«

»Mein Großvater meinte, wenn Sie irgendetwas übrig hätten, womit Sie Ihren Nachbarn aushelfen könnten, sollte ich das auch mitnehmen.«

»An was hatte dein Großvater denn gedacht?«

»Vor allem Lebensmittel, aber wenn Sie eine überzählige Laterne oder Kleinholz haben …« Ich zögerte und versuchte, meine nächste Frage so beiläufig wie möglich zu stellen. »Außerdem ist unser Nachbar, Mr Thorne, krank. Er sagte, wenn ich bei Ihnen vorbeikäme, sollte ich Sie um zwei Flaschen von Ihrer, ähm, besten Medizin bitten.«

Er grinste auf eine Weise, die mir unangenehm war. »Dann hat Frank also schon alle seine Vorräte verbraucht und schafft es nicht mehr zur Apotheke in die Stadt, um Nachschub zu besorgen, was? Warte hier.« Turner ging in den Wohnwagen und kam mit zwei Gläsern wieder heraus, in denen ursprünglich einmal Mayonnaise gewesen war. Jetzt waren sie mit einer trüben braunen Flüssigkeit gefüllt. Er gab sie mir, kicherte und sagte: »Sag Mr Thorne, dass er jeden Abend zwei Becher vor dem Schlafengehen nehmen soll. Ich werde ihm die Rechnung zukommen lassen.«

Ich wickelte die Gläser in meinen Ersatzanorak, damit die Flüssigkeit nicht auslief. »Danke, Mr Turner. Ich werde es ausrichten.«

»Hör zu, Junge, das ist ein Geschäft zwischen mir und Mr Thorne.« Er bekam einen boshaften Gesichtsausdruck. »Niemand sonst braucht davon zu erfahren, verstanden?«

»Ja, Sir, klar.«

»Gut. Jetzt gehst du wieder an deine Arbeit und ich an meine.« Er winkte nachlässig, als er sich umdrehte und wieder zum Wohnwagen ging. Die Hunde folgten ihm.

Als ich den Blackberry Hill hinunterfuhr, brach mir wieder der kalte Schweiß aus, gleichzeitig spürte ich einen Druck in der Magengrube. Während ich die Straßen auf dem Heimweg räumte, hatte ich keine Ahnung, wie ich mich verhalten sollte. Ich dachte schon daran, die Gläser auszuleeren, aber dann überlegte ich mir, dass ich den schwierigsten Teil schon hinter mir hatte. Jetzt musste ich die Ware nur noch Thorne bringen und mir Tucker zurückholen. Alle wären zufrieden. Ich hätte, was ich wollte. Thorne hätte, was er wollte. Tucker hätte ein schönes Zuhause.

Als ich an diesem Abend zur Farm zurückkehrte, versteckte ich die Gläser im Geräteschuppen, ehe ich mich mit Grandpa wieder ans Melken machte. Ich war schweigsam, und mein Großvater machte sich Sorgen um mich.

»Müde?«

»Ja«, antwortete ich.

Er musterte mich und nickte anerkennend. »Das ist in Ordnung.« Er drehte sich um und ging hinaus, kletterte auf den Maintainer und verschwand für die Nachtschicht.

Während er davonfuhr, ging ich ins Wohnzimmer. Hinter dem Puzzletisch, an dem meine Großmutter und Vater so viel Zeit verbracht hatten, stand ein Bücherschrank mit verglasten Türen. Mein Vater hatte sein Konversationslexikon stolz auf den obersten drei Regalböden aufgestellt. Ich nahm den ersten Band heraus, ließ mich in Grandpas Sessel sinken und fing an, im trüben Licht der Petroleumlampe, die ich auf den Tisch gestellt hatte, das Kapitel über Alkoholismus zu lesen. Als ich die

Einleitung halb gelesen hatte, merkte ich, dass meine Großmutter neben meinem Sessel stand und mir über die Schulter schaute.

»Bereitest du dich auf die Schule vor?«

Ich schlug das Buch zu und versuchte, ganz beiläufig zu klingen. »Nein, ich wollte nur etwas wissen.«

»In Ordnung, aber jetzt legst du dich besser schlafen. Bald fängt deine Schicht an.«

Ich stellte das Buch zurück ins Regal, putzte mir die Zähne und ging ins Bett. Ich wusste immer noch nicht, wie ich mich in der Sache mit Thorne verhalten sollte.

VIERUNDZWANZIG

George!«, rief Grandma die Treppe herauf. »Zeit zum Aufstehen!« Jeden Morgen fiel es mir schwerer aufzustehen. Ich war zunehmend erschöpft. Ich hörte den Maintainer in der Einfahrt im Leerlauf dröhnen. Er war nun schon seit vier Tagen ununterbrochen in Betrieb, und die Straßenverhältnisse waren noch immer katastrophal.

Nach einem kurzen Frühstück ging ich zu meinem Großvater in die Scheune und half ihm beim Melken. Meine Gedanken wanderten schnell zu den Gläsern im Geräteschuppen, und ich hatte ein mulmiges Gefühl. Es war eine Mischung aus Scham und Nervosität.

»Grandpa, Frank Thorne ist krank«, stieß ich hervor. Mein schlechtes Gewissen meldete sich. Ich hatte meine Sorgen eigentlich gar nicht ansprechen wollen, aber ich hoffte auf einen Anstoß in die eine oder andere Richtung. »Ich glaube, er hat eine Grippe, oder er hat zu viel getrunken. In seinem Haus ist es kalt. Er braucht Holz.«

»Nett, dass du dir Sorgen machst.«

»Eigentlich mache ich mir mehr Sorgen um Tucker als um Thorne.«

Das stimmte zwar zum Teil, aber hauptsächlich ließ ich weiterhin Testballons steigen, ob Grandpa Bo mir nicht unbewusst den einen oder anderen Wink geben würde, wie ich mich verhalten sollte.

»Wir haben genug Holz. Ich schichte etwas auf die Eisenhalterung hinter dem Führerhäuschen, dann kannst du es auf dem Weg abladen.« Als ich die Scheune verließ, war ich voller Vorfreude, Tucker wiederzusehen. Ich war froh, dass Grandpa mir einen Vorwand geliefert hatte, um bei Thorne vorbeizuschauen. »Vergiss nicht, das Eis im Teich aufzuhacken, bevor du losfährst«, rief er mir nach.

Als ich aus unserer Einfahrt fuhr und zu Thorne abbog, hatte ich schon einige Stunden gearbeitet. Trotzdem war es noch früh am Morgen. Ich wollte Thorne nicht wecken.

Tucker stand schwanzwedelnd an der Tür, als ich das Holz auf der kleinen Veranda vor dem Haus aufstapelte. Ich dachte an die Mayonnaisegläser, die ich hinten in das Führerhäuschen geschmuggelt hatte, aber ich wollte sie nicht offen sichtbar neben das Holz stellen. Ich dachte schon daran, sie durch die Haustür zu schieben, die immer offen stand, aber ich hatte Angst, dass Tucker mich stürmisch begrüßen und Thorne aufschrecken würde. Lieber würde ich später wiederkommen und die Sache zu Ende bringen. Ich warf einen Blick durch die Tür. Der große rotbraune Hund sah mich erwartungsvoll an.

»Ich komme später wieder zu dir, Tucker«, flüsterte ich, ehe ich mit meiner Schicht weitermachte.

Als ich an den östlichen Rand unseres Einsatzgebietes kam, hielt ich bei der Familie Sloan, um zu sehen, wie es ihnen ging.

Mr Sloan hatte einen neuen Auftrag für mich. Der Postbote hatte die ganze Post für unsere Gegend bei ihm deponiert, weil auf den meisten Straßen kein Durchkommen mehr war. Ich nahm die Post mit, deren Adressaten auf meinem Weg lagen, und versprach, sie möglichst zuverlässig auszuliefern. Unter den Briefen war auch einer aus Minnesota von meiner Mutter. Ich steckte ihn in meine Jackentasche. Ich würde ihn lesen, wenn ich Zeit dazu hatte.

Um vier Uhr nachmittags endete meine Schicht, und ich fuhr Richtung Westen. Ich bremste den Maintainer ab und überlegte, ob ich nun bei Thorne halten sollte oder nicht. Ich war gar nicht mehr so wild entschlossen, den »Auftrag« auszuführen, stattdessen regte sich mein schlechtes Gewissen. Trotzdem wollte ich unbedingt nachsehen, wie es Tucker ging, und unglücklicherweise konnte ich dieses Vorhaben ja nicht von Thorne trennen. Den ganzen Tag über waren die Gläser unter meinem Ersatzanorak versteckt gewesen, und ich hatte sie loswerden wollen. Aber als ich nun zu Thornes Einfahrt hinaufpflügte und den Leerlauf einlegte, beschloss ich, sie in ihrem Versteck zu lassen.

Im Schnee entdeckte ich viele Fuß- und Pfotenspuren,

aber Thornes Wagen stand noch immer an seinem Platz. Ein Großteil des Feuerholzes, das ich auf der Veranda abgeladen hatte, war fort. Noch ehe ich angeklopft hatte, kratzte Tucker schon ungeduldig an der Tür, damit ich ihn hinausließ.

»Mr Thorne, hier ist George«, rief ich.

»Komm rein, Junge.«

Ich stieß die Tür auf und trat ein. Ich traute meinen Augen nicht. Der Raum hatte die erstaunlichste Verwandlung durchgemacht, die ich je gesehen hatte. Die Vorhänge waren zurückgezogen und die Fenster geputzt, so dass das Licht hereinflutete. Drinnen sah es nun eher aus wie in einer gemütlichen Hütte, nicht mehr wie in einer heruntergekommenen Baracke. Alles war blitzsauber. Die Stromleitung war noch immer unterbrochen, aber im Kanonenofen prasselte ein warmes Feuer. Es duftete nach Suppe und frisch gebackenem Maisbrot. Der Boden war sauber, Müll und Dreck waren verschwunden. Thorne lag noch immer auf dem Sofa, hatte aber saubere Sachen an und war rasiert.

Tucker winselte. »Kannst du bitte den Hund rauslassen, Junge?«

»Klar.« Während ich Tucker hinausließ, versuchte ich zu begreifen, was geschehen war. Ich warf einen Blick auf die Wand mit den Fotos. Noch etwas war anders. Das Foto war verschwunden. Aus irgendeinem Grund hatte Thorne es abgenommen.

Thorne sah viel besser aus. Ich überlegte noch immer, was diese Veränderung bewirkt haben könnte, als er ohne Umschweife auf das Thema zu sprechen kam, das ich fürchtete.

»Hast du die Medizin dabei?«

Es war keine Medizin. Es war Gift. Auch wenn ich damit vielleicht das bekommen hätte, was ich wollte; ich wusste, dass selbst Thorne etwas Besseres verdient hatte. »Nein«, log ich und nahm all meinen Mut zusammen. »Das ist nicht die Art von Medizin, die Sie brauchen, Mr Thorne.«

Er schnitt eine Grimasse. Aber dann sagte er etwas, was mich überraschte.

»Gut. Du bist ein ziemlich schlaues Kerlchen, nicht wahr? Genau wie dein Vater.«

Ich wusste nicht, was ich antworten sollte.

»Ich hätte dich nicht darum bitten sollen.« Er lächelte. »Aber ich möchte dich um einen anderen Gefallen bitten, und der wird dir nicht viel Mühe machen. Mein Hund hat es satt, immer eingesperrt zu sein. Warum nimmst du ihn nicht mit, wenn du auf dem Maintainer unterwegs bist? Er liebt Spazierfahrten. Hier sitzt er nur herum und winselt, weil er hinauswill. Kannst du das für mich tun?«

»Ja, Sir, das könnte ich machen.« Ich versuchte, meine Aufregung zu verbergen, aber innerlich wäre ich beinahe geplatzt.

»Gut. Fahr jetzt nach Hause, bevor deine Großeltern

sich Sorgen machen. Frank Thorne kommt schon zurecht.«

Als ich hinausging, beugte ich mich zu Tucker hinunter und ließ ihn mit seiner kalten Schnauze über mein Gesicht schnüffeln. »Sobald es aufhört zu schneien, gehen wir beide wieder zusammen auf Streifzüge. Und bis dahin kannst du mir beim Schneeräumen helfen.« Ich zog ihn zu mir heran und wusste, dass ich die richtige Entscheidung getroffen hatte, für Frank Thorne und für mich selbst. Ich hielt den Hund einen Augenblick ganz fest, dann öffnete ich die Tür und ließ ihn wieder ins Haus.

Der Maintainer fuhr McCray's Hill hinauf und räumte den Schnee zur Seite. Ich parkte und trug das, was ich so sorgfältig im Führerhäuschen versteckt gehalten hatte, sofort außer Sichtweite des Hauses hinten in den Hof. Ich öffnete die Mayonnaisegläser und schüttete Turners selbst gebrauten Fusel in den Schnee. Die leeren Gläser versteckte ich unter dem Schrott, den wir hinter der Scheune sammelten.

Nachdem ich den Tatort gesäubert hatte und kein Alkoholgeruch mehr in der kalten, klaren Luft wahrnehmbar war, rannte ich zum Haus hinauf, um meiner Großmutter die guten Neuigkeiten über Tucker zu erzählen. Als ich die Tür öffnete, schlug mir ein vertrauter Duft entgegen. Zuerst war ich verwirrt, doch dann setzte ich die Puzzleteile zusammen. Auf dem Tisch lag frisch gebackenes Maisbrot. Meine Großmutter stand am Herd und rührte in einem großen Topf mit Bohnensuppe. Es war derselbe Duft wie in Thornes Hütte.

»Grandma«, sagte ich und umarmte sie ganz fest.

»Was ist?«, fragte sie.

»Oh, nichts.«

Sie lächelte und machte sich wieder an die Arbeit. Ich sah ihr zu. Niemand sonst aus unserer Familie würde je erfahren, wie oder wo sie diesen Tag verbracht hatte. Engel sind eine hübsche Vorstellung. Ich weiß nicht, ob es sie wirklich gibt. Aber ich weiß, dass manche Leute dazu berufen sind, Gutes zu tun. Grandma Cora kam dem Wesen eines Engels näher als alles andere, was mir im Laufe meines Lebens begegnet ist. Mir war nicht entgangen, wie sehr sich unser Tag hinsichtlich Thorne unterschieden hatte. Während ich versucht hatte, mir seine Krankheit zunutze zu machen, um das zu bekommen, was ich wollte, hatte sie versucht, seine Genesung zu fördern.

Mein Großvater und ich arbeiteten die folgenden drei Tage und Nächte schichtweise auf dem Maintainer. Tucker leistete mir dabei Gesellschaft. Zuerst hatte er gezögert, ins Führerhäuschen zu springen, aber nachdem ich ihn hineingelockt hatte, fühlte er sich dort bald zuhause. Ich machte ihm hinter dem Sitz ein Lager aus alten Decken und Mänteln. Tucker machte mir die Arbeit erträglicher, und die Stunden vergingen wie im Flug. Ab und zu stellte ich mir vor, wie er mir Anweisungen gab, damit ich auch aufmerksam bei der Sache blieb. »Pass auf, George, du kommst zu weit nach rechts ab!« Ich gab ihm deutlich zu verstehen, wer hier das Sagen hatte. »Du kannst doch noch nicht einmal eine gerade Linie entlanglaufen, Tucker! Erzähl mir nicht, wie ich Schnee zu räumen habe!«

Der Schneefall ließ nach, aber das eigentliche Problem war der Wind, der auf den Straßen Schneeverwehungen auftürmte, so dass wir die Strecken, die wir schon geräumt hatten, noch einmal abfahren mussten. Aber wir kamen trotzdem voran, wir hatten alle Hauptstraßen geräumt und konnten uns jetzt den abgelegeneren Seitenstraßen und Feldwegen zuwenden.

Wir waren erschöpft, doch auch der Wind ließ allmählich nach, und es ging aufwärts. Der Milchwagen der Molkerei fuhr wieder, Telefon- und Stromgesellschaft konnten mit den Reparaturarbeiten beginnen. Die Temperaturen stiegen wieder, und als dem großen Schneesturm das Tauwetter folgte, normalisierten sich die Verhältnisse allmählich. Bald hatte McCray's Milchhof wieder Strom und Telefon, und wir hatten das Schlimmste hinter uns.

Es waren nur noch ein paar Tage Schule bis zu den Weihnachtsferien, und ich hoffte, dass ich wegen der vielen ausgefallenen Schultage auch um die verpassten Algebralektionen und das Auswendiglernen meiner Theaterrolle herumkommen würde.

Mein Großvater schenkte mir zehn Dollar und schlug vor, dass ich mit meiner Großmutter ein paar Weihnachtseinkäufe machen sollte – wenn ich das Eis im Teich aufgehackt und das Melken erledigt hatte.

Am nächsten Morgen beschlossen Grandma und ich jedoch, dass wir Erholung brauchten, also mussten die Weihnachtseinkäufe noch einen Tag warten. Nach dem Frühstück las ich noch einmal den Brief meiner Mutter, den ich sorgfältig in meiner Hosentasche verstaut hatte. Sie schrieb, dass sie im Begriff waren, nach Kansas aufzubrechen, und hofften, spätestens am 24. Dezember anzukommen, wenn es die Straßenverhältnisse zuließen. Sie schrieb außerdem, dass ich alles für meine Abreise am 27. Dezember vorbereiten sollte. Die Schule in Minnesota würde am 5. Januar anfangen. Ich warf den Brief beiseite und versuchte, nicht daran zu denken.

FÜNFUNDZWANZIG

Am 19. Dezember hatte ich den zweiten Tag in Folge frei und machte mit Tucker einen ausgedehnten Spaziergang. Frank Thorne schien sich zusehends zu erholen. Als ich Tucker zurückbrachte, bat er mich tatsächlich herein und forderte mich auf, Platz zu nehmen. Wir hatten uns allerdings nicht viel zu sagen, und nach ein paar peinlichen Minuten verabschiedete ich mich und machte mich auf den Heimweg.

Grandma hatte ein üppiges Mittagessen vorbereitet, und ich muss wohl zu viel gegessen haben. Ich war todmüde und legte mich auf mein Bett, um ein kurzes Nickerchen zu machen, ehe ich am Nachmittag beim Melken helfen wollte. Ich wachte erst am nächsten Morgen um halb acht wieder auf.

Mit schlechtem Gewissen stolperte ich aus dem Bett. Ich wunderte mich, dass mich niemand geweckt hatte. Meine Großeltern saßen unten und wirkten ziemlich wortkarg. Ich dachte, dass sie wahrscheinlich verärgert waren, weil ich verschlafen und ihnen nicht auf dem Hof geholfen hatte.

Ich versuchte, ein Gespräch in Gang zu bringen. »Ich

schaue wohl lieber noch einmal nach dem Eis auf dem Teich.«

Mein Großvater blickte kaum auf. »Danke, tu das.«

Danach herrschte Schweigen, und ich aß stumm mein Frühstück, bis mein Großvater das Wort ergriff. »George, ich habe den Schrott weggebracht und zwei leere Gläser gefunden, die mir merkwürdig vorkamen. Wahrscheinlich denkst du, dass ich zu alt bin, um so was zu bemerken, aber da drin war Alkohol.«

Ich schluckte den letzten Rest meines Müslis und wurde ungefähr so weiß wie der Schnee, den ich geräumt hatte.

»Hast du eine Ahnung, wie die auf den Schrotthaufen gelangt sind?«

Ich stand auf und griff nach meiner Jacke. Ich hatte vor, ein kurzes »weiß nicht« zu murmeln und hinauszugehen. »George, komm wieder her und setz dich.«

Ich seufzte und wusste, dass ich ihnen alles beichten musste. Ich fragte mich, ob sie mich verstehen würden. »Ja, ich weiß, wie sie da hingekommen sind, aber es ist nicht so, wie du denkst.«

»Das wird sich zeigen«, sagte mein Großvater.

Ich erzählte ihnen die ganze Geschichte. Meine Großmutter hatte die Hände in die Hüften gestemmt, und ich merkte, wie ihr Ärger langsam verflog. Grandpa Bo hörte mir ungerührt zu, doch dann schmunzelte er und sagte: »Na schön, können wir uns darauf einigen, dass das dein erster und letzter Ausflug nach Blackberry Hill war?«

»Ja, Sir.«

»Ich bin enttäuscht, dass du vorhattest, diesen Botengang für Thorne zu machen, auch wenn du ihn nicht zu Ende gebracht hast. Aber aus einem anderen Grund bin ich stolz auf dich.«

»Wieso, Grandpa?«

»Du hast es geschafft, deinen Kurs zu korrigieren, nachdem du falsch abgebogen warst. Ein guter Straßenwart muss so was können. Jetzt sieh zu, dass du nach draußen kommst und das Eis aufhackst.«

Erst als ich eigene Kinder hatte, begriff ich, wie geschickt sich meine Großeltern bei meiner Erziehung verhalten hatten. Es ist außerordentlich schwierig, einen Teenager zurechtzuweisen und gleichzeitig zu ermutigen. Sie schafften es irgendwie, dass ich zu meinen Fehlern stehen konnte und mir hinterher wohler war. Meine Fehleinschätzungen und mein Fehlverhalten waren Gelegenheiten, etwas zu lernen, und nichts, wofür ich mich schämen musste.

Ich trat aus der Tür, um das Eis aufzuhacken, und mir wurde sofort klar, dass ich keine Ahnung hatte, wie ich mich von zwei so wundervollen Menschen verabschieden sollte, die ich von ganzem Herzen liebte. Wie würde das Leben ohne sie sein?

Als ich den Teich erreicht hatte, sah ich, dass es gar nicht nötig war, das Eis aufzuhacken. Es war so warm geworden, dass das Loch nicht wieder zugefroren war. Die Kühe trotteten zum Trinken hinunter zum Wasser, und die Kälber brüllten nach ihren Müttern. Ein eigenartiger Duft lag in der Luft – zumindest ungewöhnlich für diese Jahreszeit. Ich sah zum Himmel, und meine Vermutung bestätigte sich.

Schneewolken haben eine hellgraue Farbe und reichen bis zu den Bäumen hinunter, Himmel und Erde verschmelzen ohne dramatische Kontraste. An diesem Morgen sah der Himmel vollkommen anders aus. Die Luft war hell und klar, und im Osten strahlte die Sonne. Aber im Westen war der Himmel schwarz wie die Nacht, und ich hörte es am Horizont donnern. Es roch nach Regen. Gewitter gab es im Frühling und im Sommer, nicht im Winter. Das war mehr als rätselhaft.

Ich konnte mich vielleicht an den einen oder anderen Blitzschlag erinnern, aber ich hatte noch nie ein Gewitter im Winter erlebt.

Ich lief zur Scheune hinauf, um meinem Großvater beim Melken zu helfen und ihn nach dem Wetter zu fragen. »Grandpa, hast du den Himmel im Westen gesehen?«

»Natürlich, und ich habe den Wetterbericht gehört.«

»Und was sagt er?«

Er knurrte: »Nichts Gutes.«

»Was meinst du damit?«

»George, du hast uns erfolgreich dabei geholfen, uns aus einem halben Meter Schnee auszugraben, und jetzt wirst du vielleicht bald erfahren, was für einen Straßenwart noch zehnmal schlimmer ist als Schnee – Eis.«

»Eis?«

»Dreißig Zentimeter Schnee sind mir lieber als zwei Zentimeter Eisregen. Eisregen überzieht jeden einzelnen Kieselstein und jeden Ast. Die Reifen des Maintainers finden nicht genug Halt, um arbeiten zu können. Dazu kommt noch, dass nach einem kräftigen Eisregen Äste, Zweige und schließlich ganze Bäume unter der Last des Eises zusammenbrechen. Heruntergefallene Äste werden die Straßen versperren, und die Stromleitungen werden von den Masten gerissen. Das ist der Albtraum jedes Straßenwarts. Wir könnten wochenlang nicht arbeiten.«

»Was können wir tun?«

»Nichts, mein Junge, gar nichts.«

Mein Großvater und der lokale Wetterbericht waren der Meinung, dass wir nun den Preis für die warme Luft bezahlen mussten, mit der wir in den letzten Tagen gesegnet gewesen waren. Von Norden her zog eine Kaltfront heran und würde sich eine Schlacht mit der warmen Luft liefern, die noch immer Nachschub aus dem Süden bekam. Und wie damals im Bürgerkrieg lag Kansas genau in der Mitte. Fünfzig Kilometer nördlich würde es einige Grad kälter sein. Dort würden sie Schnee bekommen – den man mühelos beiseiteräumen konnte. Fünfzig Kilometer südlich würde es ein paar Grad wärmer sein, und dort würde kühler, harmloser Regen fallen. Aber dazwischen würden wir es mit lähmendem Eis zu tun bekommen.

Um zwei Uhr nachmittags am 20. Dezember 1962 ging der Eisregen nieder und hinterließ eine gut zwei Zentimeter dicke Eisschicht auf den Straßen. Es war das totale Chaos, genau wie die Vorhersage es prophezeit hatte.

Für Straßen und Bäume mag es verheerend gewesen sein, aber die Landschaft draußen war bezaubernd. Alles war von einer Eisschicht überzogen, und die ganze Welt glitzerte und schimmerte. Es war, als wäre das Universum schockgefroren und alles Leben erstarrt.

Es konnte Wochen dauern, bis es wieder tauen würde. Alles, was nass werden konnte, war nun eisbedeckt: Bäume, Gebäude, Pferde, Kühe, Schafe, Felsen und, was für uns am schlimmsten war, Straßen.

Cherokee County in Kansas stand vollkommen still.

Ich wusste, was für ein Chaos Schnee verursachen konnte, aber ich hatte keine Ahnung, welchen Schaden eine feste Eisschicht von zwei Zentimetern anrichten konnte. Ich hoffte, dass die Leute inzwischen dazugelernt und in den wenigen Tagen zwischen den Sturmfronten genug Vorräte angelegt hatten. Wir hatten eine sehr harte Woche bis Weihnachten vor uns und wahrscheinlich noch bis ins neue Jahr hinein.

Wir machten uns gar nicht erst die Mühe, den Maintainer zu starten. Mein Großvater und ich hackten das Eis im Teich auf, molken die Kühe mit der Hand und kippten die Milch auf dem Boden aus. Wir gingen alle früh ins Bett und wussten nicht, was die nächsten Tage bringen würden.

SECHSUNDZWANZIG

Es war nicht einmal mehr eine Woche bis Weihnachten, und die Aussichten auf ein schönes Fest schwanden zusehends. Mein Vorhaben, Tucker wiederzukriegen, hatte nicht funktioniert. Wir hatten weder Telefon noch Strom. Ich hatte seit über einer Woche weder mit meiner Mutter noch mit meinen Schwestern gesprochen. Wir hofften zwar, dass sich das Wetter und damit die Straßenverhältnisse bessern würden, aber ich fragte mich, ob sie die letzten fünfzig Kilometer bis nach Hause überhaupt durchkommen würden, wo der Schnee zu Eis geworden war.

Der Weihnachtsbaum, den ich für Grandma Cora gefällt hatte, hatte es gerade mal in den Baumständer im Wohnzimmer geschafft. Aber seitdem waren wir so mit dem Schneechaos beschäftigt gewesen, dass er die ganze Zeit ungeschmückt dort gestanden hatte. Wie es aussah, mussten wir uns von dem Gedanken an schöne Feiertage verabschieden. Ich versuchte, so zu tun, als ob mir das alles nichts ausmachte, aber es war schwer, auf Weihnachten einfach zu verzichten.

Als ich in dieser Nacht im Bett lag, hörte ich, wie die

Äste an den Bäumen unter dem Gewicht des Eises ächzten und stöhnten. Für uns war der Sturm schlimm genug, aber für einige unserer Nachbarn musste er noch schlimmer sein. Mrs Slater brauchte ihr Insulin, Sherry Rather würde bald ihr Baby zur Welt bringen, und die alte Mrs Reed würde sich zu Tode ängstigen. Alle hatten Angst, und ich lag einfach nur hier im Bett und konnte nichts tun. Ich fühlte mich schrecklich nutzlos, und dieses Gefühl machte mich ganz krank.

Ich überlegte, ob wir es einfach zu Fuß versuchen sollten. Vielleicht konnten wir die Straßen von Cherokee County nicht räumen, aber wir könnten wenigstens den Leuten helfen, die entlang der Straßen wohnten.

Am nächsten Morgen brachte ich mein Anliegen zur Sprache.

»Grandpa, vielleicht sollten wir bei einigen unserer Nachbarn vorbeischauen und nachsehen, ob sie verletzt sind oder irgendetwas brauchen.«

Er sah mich an. Die Situation war für ihn genauso unerträglich wie für mich. »Aber wir können nicht viel ausrichten.«

Meine Großmutter tätschelte mir den Arm. »Wie nett von dir, dass du an sie denkst.«

»Aber was ist mit Mrs Slater und der alten Mrs Reed und den Leuten, um deren Gesundheit es schlecht steht?«

»Sie haben gute Nachbarn, die viel näher wohnen als wir. Bei diesem Eis schafft ein Mensch zu Fuß bestenfalls anderthalb Kilometer in der Stunde. Mrs Slater wohnt zwölf Kilometer von hier entfernt. Allein der Hinweg würde dich acht Stunden kosten und dann noch einmal acht Stunden zurück. Was könntest du schon tun, falls sie wirklich Hilfe braucht?«

»Du hast wohl Recht, aber es fühlt sich einfach nicht richtig an, hier herumzusitzen und nichts zu tun.«

Mein Großvater schwieg. Meine Großmutter sah genauso besorgt aus, aber sie schien sich damit abzufinden, dass wir ziemlich hilflos waren. »Wir können nur hoffen, dass es in ein paar Tagen wieder wärmer wird und das Eis taut.«

»Und was ist, wenn es nicht wärmer wird? Dann ist Weihnachten vorbei. Wie sollen Mom und die Mädchen es denn hierher schaffen?«

»Wir werden Weihnachten feiern, George. In ein paar Tagen kann viel passieren. Du wirst sehen.«

Nach dem Frühstück warf mein Großvater die Kettensäge an und begann damit, den Hof von den Ästen zu befreien, die unter dem Gewicht des Eises abgebrochen und heruntergefallen waren. Ich war draußen im Hof und half ihm dabei, als die Hintertür des Hauses aufging und Grandma rief: »George, komm mal herauf!«

Sie erwartete mich an der Hintertür mit zwei Tellern, die mit Aluminiumfolie abgedeckt waren. »Genau dich brauche ich jetzt.«

Ich sah sie misstrauisch an. »Wozu?«

»Du musst etwas ausliefern. Der obere Teller ist

für Frank Thorne, der untere ist für einen rotbraunen Hund, aber bleib nicht zu lange weg, das Essen ist gleich fertig, und dein Großvater hat mir versprochen, dass ich dich heute Nachmittag für mich haben darf. Wir müssen Weihnachtsvorbereitungen treffen.«

Ich nahm ihr die Teller aus der Hand. »Natürlich kann ich sie hinbringen.«

Als ich außer Sichtweite war, blieb ich stehen und schielte unter die Folie. Auf Thornes Teller lagen mehrere Scheiben Maisbrot und frisch gebackene Weihnachtsplätzchen – in Form von Tannenbäumchen und Schneemännern in Rot und Grün mit weißen Tupfen. Auf Tuckers Teller lag ein Suppenknochen, an dem jemand noch ziemlich viel Fleisch gelassen hatte. Ich rutschte die vereiste Straßen hinunter und versuchte, nicht hinzufallen und dabei das Essen auf dem Boden zu verteilen. Ich lächelte beinahe den ganzen Weg über.

Wie ich erwartet hatte, freuten sich Thorne und Tucker über meine Lieferung, und ich selbst hatte Freude daran, den Weihnachtsmann zu spielen. Der Suppenknochen war ein Volltreffer, und Tucker zog sofort damit ab.

Als ich gehen wollte, legte mir Thorne die Hand auf die Schulter. »Komm doch morgen wieder vorbei und bring etwas mehr Zeit mit. Wenn das Wetter schön ist, kannst du vielleicht mit ihm spazieren gehen.«

Ich beugte mich hinunter und umarmte Tucker zum Abschied. »Das wäre schön.«

Tucker riss sich von seinem Leckerbissen los und sah mich dankbar an, als wollte er sagen: »Das geht klar, aber könntest du vielleicht noch einen Knochen mitbringen?«

Die Speisefolge an diesem Abend entsprach genau meinen Erwartungen: Suppe, Maisbrot und Weihnachtsplätzchen. Nachdem wir das Geschirr abgewaschen und weggeräumt hatten, holten meine Großmutter und ich die Kisten mit dem Weihnachtsschmuck aus dem Keller und widmeten uns endlich dem Baum, den ich vom Fluss mitgebracht hatte.

Wir befestigten eine Lichterkette daran und hängten die Weihnachtsplätzchen, die von Großmutters Backaktion übrig geblieben waren, an die Zweige, außerdem den gesamten Weihnachtsschmuck aller vergangenen Weihnachtsfeste auf der McCray-Farm. Während ich die alten Schmuckstücke in der Hand hielt, wanderten meine Gedanken zurück zu glücklicheren Zeiten, als wir noch alle zusammen gewesen waren. Auch Grandma Cora war ganz still geworden. Ich war sicher, dass sie dieselbe Mischung aus Melancholie und dem festen Willen, Weihnachtsstimmung zu verbreiten, spürte.

Es war wohl noch zu früh, um neue Weihnachtserinnerungen zu wecken, aber ich wollte nicht, dass meine Großmutter in Trauer über ihren verlorenen Sohn versank. Es waren noch ein paar Weihnachtsplätzchen übrig, und das Kind in mir ging mal wieder mit mir durch. Immer wenn meine Großmutter gerade nicht hinsah, stopfte ich mir ein Plätzchen in den Mund und schlang es hinunter, eine weitere Weihnachtstradition bei den McCrays.

»Irgendjemand nascht von unseren Weihnachtsplätzchen«, stellte meine Großmutter fest.

»Woran merkst du das?«

Sie streckte die Hand aus und strich mir mit dem Daumen über die Wange.

»Er hat im ganzen Gesicht grüne Krümel und dasselbe alberne Grinsen, das sein Vater bei dieser Gelegenheit immer aufgesetzt hat.«

Mein Grinsen wurde noch breiter, und ich glaube, wir waren beide froh, dass wir unseren Vater erwähnt hatten, wenn auch nur beiläufig. Auf diese Weise konnten wir uns ein wenig Spaß beim Schmücken des Baumes gönnen.

Als wir fertig waren, steckte Grandma die Lichterkette in den Stecker, aber wegen des Stromausfalls passierte nichts. Grandma zuckte die Schultern und sagte: »In diesem Jahr kommt aber auch alles zusammen, nicht wahr, George?«

Ich bin sicher, dass wir in diesem Moment beide nicht recht wussten, ob wir lachen oder weinen sollten.

SIEBENUNDZWANZIG

Am nächsten Morgen klopfte ich an Thornes Tür, und er rief freundlich: »Komm rein!«

Das kleine Haus war immer noch halbwegs sauber und warm, und Thorne bastelte eifrig an einem Vergaser herum, den er vor sich auf den Küchentisch gestellt hatte. Er deutete auf eine Leine, die an der Tür hing. Er wusste genau, warum ich gekommen war. »Nimm die Leine und sei vorsichtig. Ist ziemlich glatt draußen.«

Ich klinkte die Leine an Tuckers Halsband, und wir gingen zur Tür. »Danke, Mr Thorne. Ich bring ihn in ein paar Stunden zurück.«

Es war schön, mit Tucker unterwegs zu sein. Wir schlugen uns bis zu Mack's Lake durch und schlichen um die alte Hütte herum, aber es war zu kalt, um sich lange draußen aufzuhalten. Als wir genug von der Eiswüste um uns herum gesehen hatten, machten wir uns auf den Weg zurück in die Zivilisation.

Wir lebten auf einer polaren Eiskappe, auf der Hügel und Bäume aus dem Eis wuchsen wie Statuen, die aus steinernen Ruinen ragen. Tucker kam mit seinen vier

Beinen in dem vereisten Gelände einfacher vorwärts als ich, aber auch er musste vorsichtig sein. Ich fand kaum Halt und rutschte immer wieder aus.

Überall knackte es unheimlich in den Ästen, wie weit entfernte Gewehrsalven. Ab und zu hörten wir ein lautes Krachen aus dem Wald am Kill Creek. Die alten Bäume brachen unter der Last des Eises zusammen und fielen mit einem dumpfen Schlag auf die Erde. Der Widerhall war kilometerweit zu hören. Tucker und ich machten einen großen Bogen um die Baumkronen, während wir zur Farm zurückliefen.

Mein Großvater hatte den ganzen Tag über mit der Kettensäge gearbeitet und versucht, den Hof von Ästen und Trümmern zu befreien. Doch es gab noch immer eine Menge zu tun. Tucker leistete mir noch etwa eine Stunde Gesellschaft, während ich die Scheite und Äste aufstapelte, die Grandpa zerkleinert hatte. Wir würden für Jahre genug Feuerholz haben.

Nachdem ich immerhin zwei Wochen lang der persönliche Assistent des Senior Road Maintainers gewesen war, dachte ich natürlich auch an meine Arbeit. Ich lief zum Ende der Einfahrt. Wohin ich sah, überall herrschte ein Durcheinander von Eis und herabgestürzten Trümmern. Schließlich brachte ich Tucker zurück zu Thornes Hütte. Thorne war noch immer ganz in sein Projekt vertieft, deshalb verabschiedete ich mich hastig von Tucker und ließ ihn hinein. Auf dem Heimweg war ich bedrückt. Es war hart, in Tucker nicht mehr zu sehen als einen Freund aus der Nachbarschaft, mit dem ich ab und zu einen Spaziergang machen konnte.

Nach dem langen Schneetreiben vermisste ich außerdem meine Freunde. Ich wollte meinen normalen Tagesablauf wiederhaben, auch wenn das bedeutete, dass ich zur Schule gehen musste.

Meine verbleibende Zeit in Cherokee County wurde mit jedem Tag kürzer. Ich versuchte, mich, so gut es ging, damit abzufinden, dass es nun einmal der Lauf der Dinge war.

Als ich nach Hause kam, unterbrach Grandpa seine Sägearbeiten, und wir molken zusammen die Kühe. Auch an diesem Tag mussten wir den Ertrag unserer Bemühungen am Ende wegschütten. Als wir zum Abendessen ins Haus gingen, überlegte ich laut, warum wir nicht wenigstens versuchen konnten, etwas gegen dieses Wetter zu unternehmen.

»Grandpa, ich möchte den Maintainer anwerfen und es zumindest probieren. Wir müssen etwas tun.«

»George, du hast noch nie versucht, einen Maintainer auf Glatteis zu fahren. Mit einem Zentimeter Eis kommt er noch zurecht, aber mehr als zwei sind zu viel. Glaub mir, es geht nicht. Du schlitterst nur herum.«

Ich blieb stur. »Ich will es versuchen.«

Er drehte sich um und ließ mich stehen. »Wie du willst.«

Der Motor sprang gleich an, stotterte kurz und dröhnte schließlich gleichmäßig. Es war schon fast dunkel. Ich legte den Rückwärtsgang ein und rollte langsam zum Schuppentor hinaus. Unter dem Gewicht des Maintainers brach die Eisdecke, und er setzte auf dem hart gefrorenen Grasboden darunter auf. Die Reifen fanden genug Halt, dass ich gerade zurücksetzen konnte. Ermutigt fuhr ich über den Hof zu unserer geschotterten Einfahrt hinüber, ohne allzu sehr ins Rutschen zu kommen. Langsam senkte ich die Schaufel und versuchte, ganz langsam vorwärtszufahren und den Schotter aufzulockern. Im selben Moment, als die Schaufel auf das Eis aufsetzte, verlor die Maschine durch den plötzlichen Widerstand den Halt, und die Räder drehten durch.

Ich stieß zurück und versuchte es mit unterschiedlicher Geschwindigkeit und anderen Winkeln für die Schaufel. Immer mit demselben Ergebnis. Es war zum Verrücktwerden. Ich spürte Wut und Enttäuschung in mir aufsteigen. Noch einmal nahm ich Anlauf und kam zuerst auch gut von der Stelle. Als ich genug Schwung hatte, ließ ich die Schaufel mit aller Wucht aufschlagen, in der Hoffnung, so die vereiste Oberfläche zu knacken. Der Maintainer kam ins Schleudern, und wir landeten unfreiwillig wieder im Hof. Als ich wieder zurücksetzen wollte, drehten die Räder durch.

Ich steckte fest, konnte weder vor noch zurück. Ich wusste, dass sich mein Großvater ärgern würde, und kam mir auf einmal ziemlich töricht vor. Er trat aus der Hintertür und ging wortlos an mir vorbei. Unschlüssig blieb ich sitzen und wartete ab. Gleich darauf hörte ich den großen International-Harvester-Traktor auf mich zukommen. Die Sonne war schon beinahe untergegangen. Mein Großvater stellte den Traktor unterhalb des Maintainers ab, wo er eine bessere Bodenhaftung hatte, und befestigte eine lange Kette zwischen Traktor und Maintainer. Die Reifen des Traktors waren doppelt so groß wie die des Schneeräumers, weshalb er wesentlich mehr Zugkraft hatte. Aber das garantierte noch lange nicht, dass er mich herausziehen konnte.

Mein Großvater kam zum Führerhäuschen herauf. Als ich die Tür öffnete, hatte ich nicht den Eindruck, dass er wütend war. Im Gegenteil, er lächelte: »Funktioniert nicht auf Glatteis, was?« Offensichtlich hatte Big Bo McCray etwas von seiner legendären Sturheit an seinen Enkel vererbt.

Ausnahmsweise war ich mal derjenige, der schwieg.

»Leg den Rückwärtsgang ein. Wenn die Kette gespannt ist, lässt du die Kupplung langsam kommen. Ich werde versuchen, dich von der Steigung auf ebenerdiges Gelände zu ziehen. Hoffen wir, dass wir nicht beide stecken bleiben.«

Wir brauchten mehrere Versuche, bis es ihm gelang, mich auf flacheren Untergrund zurückzuziehen, wo die Räder des Maintainers nicht durchdrehten. Vielleicht war es dumm von mir, aber ich wollte einfach nicht aufgeben.

Nachdem wir beide Maschinen wieder im Schuppen

abgestellt hatten, nahm ich all meinen Mut zusammen und fing noch einmal an: »Grandpa, wir könnten doch Dick und Dock anschirren, wie du es früher gemacht hast, als du noch keinen Maintainer hattest, und es auf die altmodische Weise versuchen?«

»George, Dick und Dock sind, in Pferdejahren gerechnet, doppelt so alt wie ich. Wir würden gerade mal bis zur Straße kommen, bevor sie bocken und in ihren warmen Stall zurücklaufen. Und was wäre, wenn einer von beiden ausrutschen und sich ein Bein brechen würde?«

»Benutzen wir beim Autofahren nicht manchmal Schneeketten? Könnten wir das beim Maintainer nicht auch versuchen?«

»So große Schneeketten gibt es nicht. Außerdem bezweifle ich, dass Schneeketten bei dieser Eisstärke einen Unterschied machen würden. Ein Auto muss nur sich selbst fortbewegen, ein Maintainer muss wesentlich mehr leisten. Er muss sich selbst vorwärtsbewegen und gleichzeitig noch mehrere Tonnen Schnee von der Straße schieben. Dazu braucht er gute Bodenhaftung, sehr gute sogar.«

»Irgendwie muss es doch gehen!«

Mein Großvater sah mich gequält an. Es kam mir nicht in den Sinn, dass die ganze Sache ihm genauso zusetzte wie mir, vielleicht sogar mehr. »Geh hinein und lass mich darüber nachdenken. Manchmal müssen wir uns einfach damit abfinden, dass wir nichts ausrichten können. Es läuft eben nicht immer so, wie wir es uns wünschen …«

Er brach ab, und ich hörte etwas, was ich nicht für möglich gehalten hätte. Big Bo McCray hatte zwar keine Tränen in den Augen, aber da war ein Zittern in seiner Stimme, das ihn wahrscheinlich genauso überraschte wie mich. Ich ging zu meinem Großvater und umarmte ihn. Er nahm mich fest in den Arm. »Tut mir leid, George. Niemand ist gerne hilflos.«

Er drückte mich noch fester, und für einen Moment war es, als hätte ich wieder einen Vater. Dann ließ er mich los, drehte sich um und ging davon. Als ich zum Haus zurückging, hatte ich ein schlechtes Gewissen, dass ich mich so kindisch benommen hatte.

Es war draußen schon dunkel, als ich in die Küche kam, und Grandma hatte die Petroleumlampe angezündet. Mein Großvater erschien nicht zum Abendessen.

Anfangs wirkte meine Großmutter noch nicht besonders beunruhigt. Sie stellte seinen Teller einfach zugedeckt in den Ofen, und wir aßen ohne ihn. Als er um Viertel nach sieben noch immer nicht aufgetaucht war, warf sie nervöse Blicke zur Hintertür.

»Soll ich nach ihm sehen, Grandma?«

»Nein, sicher ist alles in Ordnung. Es ist nur nicht seine Art, so lange auszubleiben.«

Kurz nach halb acht hörten wir, wie der Motor des Maintainers angelassen wurde.

»Was hat er vor?«, wunderte sich meine Großmutter.

Der Maintainer rollte aus dem Schuppen, bog in die Einfahrt ein und blieb stehen. Das Licht der Scheinwerfer spiegelte sich in den vereisten Ästen. Die Tür des Führerhäuschens ging auf, und mein Großvater kam zur hinteren Veranda herauf. Er schien sich völlig sicher über das Eis zu bewegen, aber ich konnte mir nicht erklären, wie er das machte.

Großmutter riss die Hintertür auf und rief: »Komm rein, Bo! Es ist spät!«

Aber er machte keine Anstalten, ins Haus zu kommen, sondern sah sie nur an.

»Was ist los, Bo?«

»Vielleicht bin ich ein Narr, Cora, aber George hat Recht. Die Leute zählen auf uns. Ich möchte etwas ausprobieren. Es könnte vielleicht klappen. Warte nicht auf mich, ich komme zurück, wenn ich fertig bin.«

»Bo, du kannst bei diesem Eis nicht hinausfahren. George und du, ihr seid vorhin nicht einmal aus der Einfahrt hinausgekommen. Das ist verrückt. Wo willst du hin?«

»Es wird funktionieren. Ich habe mir alles genau überlegt.« Er drehte sich um und ging zum Maintainer, kletterte ins Führerhäuschen und löste die Bremse. Ich sah ihm schweigend nach, als er im Schneckentempo die Einfahrt hinunterfuhr.

Großmutter war außer sich. Sie lief den restlichen Abend in der Küche auf und ab und schimpfte wütend vor sich hin. Schließlich ging sie früh zu Bett, ohne mir Gute Nacht zu sagen.

Ich hatte die Petroleumlampe ganz für mich allein und ging damit in das Zimmer meiner Eltern. Ich sah mich um. Irgendwie hatte ich diesen Raum seit vielen Monaten gemieden.

Auf dem Nachttischchen und an der Wand waren noch immer Fotos von meinem Vater, daneben andere Familienfotos. In diesem Zimmer hatte mein Vater schon als kleiner Junge gewohnt, und in all den Jahren hatte dieselbe Kommode darin gestanden. Ich zog ein paar Schubladen auf. In ihnen lagen vier oder fünf alte Kugelschreiber, ein paar Knallfrösche, die er mir weggenommen hatte, Kleingeld, abgerissene Fahrkarten und das kleine gelbe Taschenmesser mit dem Elfenbeingriff, das ich ihm zu Weihnachten geschenkt hatte. Auf einmal war ich mir ganz sicher, dass mein Vater gewollt hätte, dass ich dieses Messer jetzt bekam, dass es mir irgendwie zustand. Ich ließ es in meine Tasche gleiten und hielt es ganz fest. Es war ein gutes Gefühl, etwas bei mir zu haben, was uns beide verband.

Es gab keinen Grund, warum ich oben in der Kälte schlafen und Grandma unten alleine lassen sollte, deswegen kletterte ich einfach in das Doppelbett. Es erschien mir wie ein Luxus, so ein großes Bett ganz für mich alleine zu haben. Mit einem großen, rotbraunen Kissen aus Fell wäre es noch schöner gewesen, selbst wenn dieses Kissen mit dem Schwanz wedelte und mir das Gesicht abschleckte. Ich las noch ein wenig im schwachen Licht der Lampe und wurde schnell schläfrig. Also machte ich das Licht aus und lauschte dem Wind, der am Fenster rüttelte. Die vereisten Äste klangen wie ein Windspiel, wenn sie gegen das Haus schlugen. Ich fragte mich, was mein Großvater vorhatte, und schlief ein.

ACHTUNDZWANZIG

Als ich erwachte, war es draußen schon hell. Ich hatte lange und fest geschlafen und wunderte mich, dass mich niemand geweckt hatte. Ich schlug die Decke zurück und rannte in die Küche. Meine Großmutter stand am Spülbecken und spähte aus dem Küchenfenster.

»Was ist, Grandma?«

»Dein Großvater ist noch immer nicht zurück, und ich mache mir Sorgen.«

»Mach dir keine Sorgen, Grandma. Er wird heil zurückkommen.« Während ich meiner Großmutter gut zuredete, war ich selbst beunruhigt. Ich konnte mir nicht erklären, wo er blieb, und ich hoffte, dass er nicht mitten in der Nacht irgendwo von der Straße abgekommen war oder gar Schlimmeres passiert war. Ich hatte ihm so heftig zugesetzt, etwas gegen die Straßenverhältnisse zu unternehmen, und nun fühlte ich mich schuldig.

Wir frühstückten schweigend. Ich wollte mich beschäftigen und machte mich sofort an die Arbeit. Ich war spät dran, daher beschloss ich, erst die Kühe zu melken und dann das Eis auf dem Teich aufzuhacken.

Nachdem ich die ersten sechs Kühe in die Scheune gelassen hatte, molk ich mit Feuereifer und kam trotz der Kälte ins Schwitzen. Dabei wurde meine Sorge immer größer, und ich malte mir die furchtbarsten Szenarien aus. Warum hatte er uns nicht gesagt, wohin er wollte oder was er vorhatte? Ich wusste noch nicht einmal, wo ich nach ihm suchen sollte. Das Melken schien kein Ende zu nehmen.

Endlich kamen die letzten sechs Kühe an die Reihe. Als ich fertig war, schloss ich die Scheunentür, schob den Riegel vor und rannte ins Haus, in der Hoffnung, dass dort gute Neuigkeiten auf mich warteten.

Meine Großmutter stand im Wintermantel in der Tür. »Wo willst du hin?«, fragte ich.

»Ich gehe deinen Großvater suchen.«

»Jetzt?«

»Ja.«

»Ich komme mit.«

»Nein, du bleibst besser hier. Falls er auftaucht, sollten wir nicht alle unterwegs sein, um ihn zu suchen. Ich bin spätestens in einer Stunde wieder da.«

Ich wollte sie nicht gehen lassen, aber ich wusste, dass ich in dieser Angelegenheit nichts mitzureden hatte. Als die Tür hinter ihr zufiel, fühlte ich mich mehr allein gelassen als je zuvor. Mir wurde klar, dass ich meinen Vater verloren hatte, und deswegen hatte ich auch meine Mutter verloren, weil sie vor Trauer und Einsamkeit nach Minnesota gezogen war. Sie lebte, aber sie war nicht Teil meines Lebens. Jetzt war mein Großvater verschwunden, und das bedeutete, dass meine Großmutter bei eisiger Kälte draußen herumlief und nach ihm suchte. Einem Verlust folgt der nächste, wie ein fallender Dominostein dem anderen. Jetzt gab es nur noch mich – allein in dem alten Farmhaus, wo ich dem Sturm lauschte, der unser Haus bis in seine Grundfesten erschütterte.

Ich stellte mir vor, wie meine Großeltern sich durch den Schnee kämpften, wild entschlossen, sich zu finden. Ich musste mich irgendwie ablenken und versuchte zu lesen, aber es war zwecklos. Ich hätte darauf bestehen sollen, mit ihr zu kommen, aber ich war erst dreizehn Jahre alt und war daran gewöhnt zu tun, was man mir sagte. Wir hätten eine Nachricht hinterlassen können. Mein einziger Trost war die Erinnerung an ihr Durchhaltevermögen bei unserer gemeinsamen Weihnachtsbaumsuche. Ich lief ziellos im Haus auf und ab und versuchte, mir einen Plan zurechtzulegen. Als schließlich über eine Stunde vergangen und noch immer niemand aufgetaucht war, sagte ich mir, dass Großmutter wahrscheinlich keine Uhr bei sich hatte und ihre Zeitangabe wohl nur eine grobe Schätzung gewesen war.

Wenn sie zurückkäme, würde ich mich warm anziehen und in der entgegengesetzten Richtung suchen. Auf diese Weise könnten wir uns stundenweise abwechseln. Ich kramte die dicksten Wintersachen heraus, die ich finden konnte, und drapierte sie unten vor dem Kaminrost. So konnte ich gleich in meine vorgewärmten Sachen schlüpfen und mich auf den Weg machen. Ich traf ein paar Vorbereitungen für den Ernstfall. Wenn ich mich verirrte, brauchte ich etwas zu essen. Also packte ich ein paar Äpfel und Kekse in einen Rucksack und kramte eine alte Feldflasche aus dem Keller hervor, die einmal meinem Vater gehört hatte.

Ich ging wieder in die Küche und trank einen Schluck aus Grandpas Zinnbecher, der mich so sehr an ihn erinnerte, dann presste ich mein Gesicht an die kalte Fensterscheibe und spähte hinaus über die vereisten Wiesen südlich von unserem alten Haus. Ich hoffte auf ein Zeichen, dass meine Großeltern zurückkamen. Da fiel mir siedend heiß ein, dass ich vor lauter Sorge vergessen hatte, für die Kühe das Eis auf dem Teich aufzuhacken.

Hastig zog ich meine warmen Wintersachen an und lief hinaus.

NEUNUNDZWANZIG

Je schneller ich zu laufen versuchte, desto öfter rutschte ich aus und stürzte. Ich machte mir immer größere Sorgen um meine Großeltern. Als es steiler wurde, kam ich kaum noch vorwärts, bergab rutschte ich ungebremst hinunter. Glücklicherweise stand unsere Farm auf einem Hügel, und so konnte ich mich zumindest das erste Stück wie ein Eisläufer über den großen Hof fortbewegen.

Ich wollte nicht den Umweg über das offen stehende Tor machen, sondern zwängte mich durch den Stacheldrahtzaun, der die Weide hinter der Scheune von der Wiese am Teich trennte. Mit meinen dicken Wintersachen war ich breiter und blieb mit meiner Jacke hängen. Ich schob mich zurück und befreite den Stoff von dem Stachel. Dann versuchte ich es noch einmal. Als ich es durch den Zaun geschafft hatte, rutschte ich die ganze Anhöhe hinunter und versuchte, mich zum gegenüberliegenden Ufer des Teichs hinaufzukämpfen, wo ein Damm das Wasser zurückhielt. Er war zu steil, um darüberzuklettern, und so folgte ich ihm bis zum östlichen Ufer. Als ich es am Überlauf vorbeigeschafft hatte, wo das Wasser in einem kräftigen Schwall überschwappte, blieb mir fast das Herz stehen.

Zwei Kühe mit ihren Kälbern hatten sich auf das Eis gewagt und waren etwa zehn Meter vom Ufer entfernt an einer dünnen Stelle eingebrochen. Sie paddelten verzweifelt im Wasser. Ein Kalb hielt nur noch den Kopf über Wasser. Die restliche Herde stand gefährlich nah und war drauf und dran, ihr Glück zu versuchen. Mir wurde ganz schlecht vor Angst. Es war niemand zuhause, der mir helfen konnte. Die Worte meines Großvaters kamen mir in den Sinn: »Ich habe dir hier eine wichtige Aufgabe übertragen. Verstehst du?«

Und wie beiläufig hatte ich geantwortet! »Klar.«

Jetzt brauchte ich Hilfe, und zwar nicht zu knapp. Ich schrie, so laut ich konnte: »Hilfe!« Meine Stimme hallte über die Hügel und Täler und brach sich erbarmungslos am eisbedeckten Boden. Wieder war ich ganz allein.

Ich wollte die Hände in den Schoß legen und einfach nur hilflos schluchzen. Ich wollte zu den Kühen ins Wasser springen. Aufgeben. Dann würden wir zumindest alle zusammen untergehen. Der Anblick des ersten Kadavers brachte mich schlagartig zur Besinnung. Der Leichnam des armen Tieres schaukelte auf und ab wie ein grausiger schwarzweißer Eisklotz. Es war eines der beiden Kälber.

Mir fiel keine vernünftige Lösung ein. Die Kühe brachten über sechshundert Kilo auf die Waage. Ich konnte sie nicht auf das Eis ziehen. Genauso wenig konnte ich mit der bloßen Hand bis zum Ufer eine Schneise ins Eis schlagen, das wusste ich von meinen täglichen Bemühungen mit dem Vorschlaghammer.

Es gab nur eine Möglichkeit. Ich musste die Tiere eines nach dem anderen mit einem Seil und dem Traktor herausziehen. Obwohl mich niemand hören konnte, schrie ich noch einmal, so laut ich konnte: »Hilfe!«

Die Zeit rannte mir davon. Ich jagte über das Eis zurück zur Scheune, angetrieben von Adrenalin und Angst. Ich stürzte unzählige Male, stand wieder auf, rannte weiter. Und stürzte wieder.

Zuerst raffte ich in der Scheune zwei Seile und einen großen Eimer mit Futter zusammen, dann rannte ich zum Schuppen und versuchte, mich daran zu erinnern, wie man unseren größten Traktor, den International Harvester, startete. Ich war oft mit ihm gefahren, aber ich war so in Panik, dass selbst die einfachsten Handgriffe unmöglich erschienen. Erst beim dritten Versuch sprang der Motor an. Ich hatte keine Zeit, ihn warm laufen zu lassen. Mit meinem vor Kälte tauben Fuß ließ ich die Kupplung kommen und fuhr rückwärts aus dem Schuppen. Dann wendete ich den Traktor, die riesigen Räder drehten auf dem Eis durch. Ich nahm den Fuß vom Gas und versuchte es noch einmal.

Endlich fand ich genug Halt, um vorwärtszukommen. Ich wollte keine Sekunde verlieren und brach mitten durch das Tor, ohne es erst zu öffnen. Dann fuhr ich zum Teich. Der Traktor musste bergab stehen, wenn ich versuchte, die Kühe herauszuziehen, sonst würde es nicht funktionieren. Als ich mich dem Teich näherte, suchte ich nach einer geeigneten Stelle. Ich hielt an, legte den Rückwärtsgang ein, gab Gas und versuchte, den sanft ansteigenden Hügel hinaufzufahren, der westlich an den Teich anschloss. Ich hatte ungefähr vierzig Meter Seil und betete, dass es reichen möge.

Ich stellte den Traktor so nah wie möglich am Ufer ab und knotete hastig ein Ende des Seils an die Anhängerkupplung hinten am Fahrzeug. Als ich das Futter am Ufer auf den Boden schüttete, erzielte ich genau die Wirkung, die ich erhofft hatte. Die restlichen Kühe, die noch nicht im Wasser standen, trotteten ans Ufer, um zu fressen. Sie schienen keine Ahnung zu haben, dass zehn Meter entfernt eine tödliche Gefahr lauerte.

Nachdem die meisten Tiere abgelenkt und damit außer Gefahr waren, rannte ich mit dem anderen Ende des Seils in der Hand über die Eisdecke des Teichs.

Ich hatte keine Zeit nachzudenken. Vielleicht war es dumm, mein eigenes Leben zu riskieren, um ein paar Kühe zu retten. Aber für mich waren sie lebendige Wesen mit einem pulsierenden Herzen, für die ich mein Leben lang gesorgt hatte, und sie waren die Grundlage für den Lebensunterhalt meiner Familie. Ich konnte sie nicht einfach sterben lassen, ohne ihre Rettung wenigstens versucht zu haben. Es stand mehr auf dem Spiel als das Leben dieser Kühe, so viel war klar.

Ich sprang. Das eiskalte Wasser ließ mir den Atem

stocken. Mit dem Seil in der Hand tauchte ich unter der ersten Kuh hindurch. Mit steif gefrorenen Fingern gelang es mir, das Seil um sie zu knoten. Dann versuchte ich, mich zurück aufs Eis zu ziehen, rutschte aber wieder ins Wasser. Meine Stiefel hatten sich mit Wasser gefüllt und zogen mich mit ihrem Gewicht nach unten. Ich strampelte sie ab, schaffte es aber immer noch nicht aufs Eis. Die verzweifelte Kuh traf mich mit dem Huf, und ich schrie auf vor Schmerz. Jetzt saß auch ich in der Falle.

Das Seil fiel mir ein, irgendwie bekam ich es zu fassen und hangelte mich daran in Sicherheit.

In Socken rannte und schlitterte ich über die Eisdecke. Mein Körper war ein einziger zitternder Eisklumpen. Ich kämpfte mich auf den Fahrersitz des Traktors hinauf und legte den ersten Gang ein. Das rechte Rad drehte durch, und der Traktor fand nicht genug Halt. Ich setzte ein kleines Stück zurück und versuchte es noch einmal. Das rechte Rad drehte wieder durch. Der Traktor hatte zwei Bremspedale, eins für rechts und eins für links, also versuchte ich, das rechte Rad zu blockieren, um mehr Reibung auf das linke Rad zu übertragen. Es funktionierte. Der Traktor bewegte sich langsam vorwärts, die Last, die an ihm hing, schien ihm nichts auszumachen. Das Seil spannte sich und zog die Kuh auf das Eis. Sie plumpste auf die Eisdecke und brüllte panisch, als ich sie zum Ufer schleifte.

Dort rappelte sie sich auf, war aber zu verstört, um

mich nahe genug heranzulassen, damit ich das Seil lösen konnte. Je kräftiger sie daran zog, umso fester wurde der Knoten.

Ich hatte nicht genug Zeit, um abzuwarten, bis sie sich beruhigt hatte. Da fiel mir das Taschenmesser meines Vaters ein, ich zog es hinaus und schnitt das steif gefrorene Seil kurzerhand ab. Ich setzte mit dem Traktor rückwärts ans Ufer. Auch meine Füße waren steif gefroren. Ich sprang vom Traktor hinunter und zerrte das Seil zum Wasserloch. Dann hielt ich mich daran fest und sprang wieder hinein. Diesmal war es nicht ganz so schlimm, denn das Wasser war wärmer als die Außentemperatur und meine vereiste Kleidung, aber trotzdem hatte ich das Gefühl, als würde mir das Blut in den Adern gefrieren. Jetzt musste ich mich um das andere Kalb kümmern. Der kleine Stier versuchte verzweifelt, aufs Eis zu klettern und seiner Mutter zu folgen, die ich gerade herausgezogen hatte. Er wirkte so klein und hilflos, dass ich dachte, ich könnte ihn vielleicht mit bloßen Händen herausziehen. Ich fasste das Ende des Seils, warf es unterhalb seines Schwanzes um ihn herum und hangelte mich daran aus dem Wasser. Ich war erschöpft und halb erfroren und war nicht sicher, ob ich noch die Kraft hatte, auch nur einen kleinen Fisch aus dem eisigen Wasser zu ziehen.

Inzwischen hatte ich auch meine Socken im Teich verloren. Die Haut an meinen Fußsohlen war nass, und ich blieb damit auf dem Eis kleben. Es tat höllisch weh, aber verschaffte mir wenigstens Halt. Ich zog und zerrte und fluchte und schrie. Das Kalb wog schätzungsweise hundert Kilo, aber im Wasser war es leichter. Ich zog, das Kalb strampelte und schaffte es tatsächlich mit den Vorderbeinen auf das Eis. Mit letzter Kraft und Verzweiflung warf ich mich in das Seil, und das brüllende Kalb glitt auf die Eisdecke. Einen Augenblick blieben wir zusammen dort liegen. Wir keuchten beide vor Erschöpfung. An meiner rechten Fußsohle war ein Stück Haut abgerissen, und es fing an zu bluten.

Ich war müde, schrecklich müde. Ich wäre am liebsten einfach liegen geblieben, aber ich zwang mich aufzustehen und befreite das Kalb von dem Seil. Eine Kuh fehlte noch. Ich starrte ins Wasser und wollte gerade hineinspringen. Vielleicht war ich zu schnell aufgestanden, vielleicht war es auch die Erschöpfung, aber plötzlich begann sich der Teich und das Eis um mich zu drehen, als hätte mich ein heftiger Tornado erfasst. Ich taumelte und brach auf dem Eis zusammen. Ich spürte, wie meine Augenlider flatterten, und wusste nicht, was mit mir los war. Mit aller Kraft versuchte ich, wieder zur Besinnung zu kommen, aber alles schien mir zu entgleiten, und es wurde immer dunkler.

Ich weiß nicht, wie lange ich dort lag. Dann leckte mir etwas Warmes über das Gesicht. Ich schob es beiseite und öffnete die Augen. Tucker bellte aufgeregt. Ich versuchte, meine Hand zu heben und ihn zu mir heranzuziehen, aber ich konnte mich nicht rühren.

Dann wurde es wieder schwarz um mich. Schlafen. Ich musste schlafen.

Jemand packte mich an meiner Jacke, zerrte mich auf die Füße und begann, mich vom Eis ziehen. Mir fiel wieder ein, wo ich war und was ich vorhatte, und ich versuchte, mich loszureißen. Ich schrie: »Die Kuh!«

»Vergiss die verdammte Kuh!«, fluchte mein Retter und warf mich über seine Schulter.

Ich schlotterte in meiner Kleidung, die mir am Körper festgefroren war. Meine Füße schmerzten. Ich versuchte, Widerstand zu leisten. »Wir können sie nicht ertrinken lassen!«

»Doch, das können wir.«

Ich hing wie ein Kartoffelsack über Frank Thornes Schulter, als er auf den großen International Harvester kletterte, den Gang einlegte und in Richtung Farmhaus fuhr.

Dort riss er die Hintertür auf, schleppte mich ins Badezimmer, ließ mich in die Badewanne fallen und drehte sofort den Wasserhahn auf. Warmes Wasser ergoss sich über meinen erfrorenen Körper und erweckte mich wieder zum Leben.

Kurz darauf riss meine Großmutter die Hintertür auf und folgte der Spur aus Eis, Schnee und Schmutz bis ins Badezimmer. Sie warf einen Blick in die Badewanne und schrie auf. Frank Thorne ging, ehe ich den Mund öffnen konnte, um ihm zu danken.

DREISSIG

Es war schon Nachmittag, als ich mich endlich rührte. Ich lag unter einem Berg von Decken. Grandpa Bo und Grandma Cora saßen neben meinem Bett. Ich spürte etwas, was ich glaubte, nie wieder zu spüren. Schweiß. Ich hob die Hand und wischte ihn mir von der Stirn. Noch etwas anderes Warmes drückte sich an mich. Tucker lag ausgestreckt neben mir, sein Schwanz klopfte auf die Matratze, als ich aufwachte.

Meine Großmutter sprang auf und schloss mich in die Arme. »Oh, George, geht es dir besser?«

Ich fühlte mich wohl und wusste, dass ich mich wieder erholen würde. An meinem rechten Fuß bemerkte ich einen Verband, aber so warm sich auch der Rest meines Körpers anfühlte, meine Zehen schienen noch immer gefroren zu sein. Es sollte noch Tage dauern, bis ich sie wieder spüren konnte, und es war ein Wunder, dass ich keine Erfrierungen davongetragen hatte. »Ich werde wieder gesund. Ich bin doch schon hundertmal in diesem alten Teich geschwommen, nur eben nicht mitten im Winter. Das ist alles. Was macht Tucker hier?«, fragte ich dann und hielt ihn ganz fest.

Meine Großmutter antwortete: »Thorne wollte wissen, ob es dir was ausmacht, dich wieder um ihn zu kümmern. Er sagte, er hätte eine persönliche Angelegenheit zu regeln, und dachte, du würdest dich vielleicht über Tuckers Gesellschaft freuen, solange du dich erholst.«

»Wohin ist er gefahren und wie lange bleibt er fort?«

»Darüber hat er nichts Genaues gesagt. Du weißt ja inzwischen selbst, was für ein verschlossener Mensch er ist. Aber er meinte, mindestens ein paar Tage.«

»Wisst ihr, Frank Thorne hat mir das Leben gerettet«, sagte ich leise und kraulte Tuckers seidige Ohren.

»Ja, George, das wissen wir.« Grandpa richtete zum ersten Mal das Wort an mich. »Und Tucker auch.«

Thorne hatte erzählt, dass Tucker wohl als Erster meinen Hilfeschrei gehört und angefangen hatte zu toben. Als Thorne nach draußen gegangen war, um nachzusehen, warum der Hund nicht aufhörte zu bellen, hatte er mich auch schreien hören und mich schließlich auf dem Teich gefunden.

Tuckers warmes, weiches Fell war die beste Medizin, die es für mich geben konnte. Ich drückte ihn an mich und wusste nicht, wer von uns beiden sich mehr freute, dass der andere da war. Tucker gab einen leisen, klagenden Laut von sich, so als wollte er sagen, dass ein verlorenes Teilchen seiner Seele nun wieder an seinem Platz wäre. Zusammen fühlten wir uns beide wieder heil und ganz.

Nach einer Weile stand ich auf und versuchte zu laufen. Meine rechte Fußsohle tat höllisch weh. Ich zog noch eine Socke an, um die Wunde besser abzupolstern. Tucker folgte mir, während ich herumhumpelte, und ich wusste, dass ich ihm und seiner Treue viel zu verdanken hatte. Es war gut möglich, dass mir dieser Hund das Leben gerettet hatte. Ich hatte keine Ahnung, wie ich das wiedergutmachen konnte oder wie ich jemals Frank Thorne danken sollte.

Wir saßen am Küchentisch und aßen warme Suppe. Ich war erschöpft, aber zugleich einfach nur glücklich, am Leben zu sein, warm und sicher. Und was noch wichtiger war: Ich war glücklich, Tucker wiederzuhaben.

Meine Großmutter bestand darauf, dass ich den Rest des Tages auf dem Sofa verbrachte. Ich verschlief den ganzen Abend und beinahe den ganzen nächsten Tag. Immer wenn ich aus meinem Schlummer erwachte, war Tucker neben mir.

Am Nachmittag des nächsten Tages hatte das Eis unser Land noch fest im Griff, aber wenigstens konnte ich meine Großmutter davon überzeugen, dass ich ganz und gar wiederhergestellt war.

EINUNDDREISSIG

Gegen vier Uhr Nachmittags am 21. Dezember wurde ich unruhig. Ich fragte mich, ob meine Mutter es rechtzeitig schaffen würde. Ohne Telefon konnten wir nur annehmen, dass sie zu uns unterwegs war. Wie sie die letzten fünfzig Kilometer auf diesen Straßen zurücklegen sollte, war eine andere Frage.

Ich konnte es nicht länger hinausschieben. Ich musste anfangen zu packen. Es war gar nicht so einfach. Ich versuchte, zwei Stapel zu machen: Dinge, die ich mit nach Minnesota nehmen wollte, und solche, die in Kansas bleiben sollten. Das Problem dabei war, dass ich immer noch nicht wusste, zu welchem Stapel ich selbst eigentlich gehörte. Tucker stand schwanzwedelnd neben mir und machte mir die Entscheidung noch schwerer.

Während ich wieder zu Kräften kam und mich um Tucker kümmerte, war mein Großvater ungewöhnlich viel unterwegs. Er schien mit einem geheimen Projekt beschäftigt zu sein. Als ich ihn gefragt hatte, wohin er in der Nacht vor meinem kleinen Missgeschick am Teich mit dem Maintainer gefahren war, hatte er nur vage Andeutungen gemacht. Jetzt war er zwischen Melken und anderen Pflichten wieder stundenlang verschwunden. Er räumte bei diesem Glatteis keine Straßen, und sein Vorhaben schien tägliche Wege im Umkreis der Farm notwendig zu machen. Er verriet zumindest, dass er bei Hank Fisher gewesen war, aber was hatte er da gewollt? Ich dachte, dass er vielleicht an einer Weihnachtsüberraschung für Grandma Cora arbeitete und Hanks Werkzeuge benutzte. Aber irgendwie machte Grandpa in diesem Jahr nicht den Eindruck, als sei er in der Stimmung, den Weihnachtsmann zu spielen.

Meine Großmutter war zwar dankbar, dass mir nichts passiert war, aber sie war trotzdem alles andere als glücklich über meine Rinderrettungsaktion. Ich hatte sie noch nie so schlecht gelaunt gesehen. Auch sie war von Großvaters Heimlichkeiten irritiert. Sie sagte, dass sie immer noch nicht wüsste, wo er in jener Nacht gewesen sei, obwohl er, gleich nachdem mich Thorne ins Haus getragen hatte, nach Hause gekommen war.

Er hatte sich eine üble Erkältung zugezogen, aus der eine ernste Grippe zu werden drohte. Er tat so, als wäre es nur ein leichtes Unwohlsein. Sie machte sich große Sorgen um ihn, und als ich jetzt in der Küche stand, war ihr Ton ungewöhnlich gereizt.

»Dein Großvater hat eine extra Portion Sturheit abbekommen, dafür aber nur die Hälfte an gesundem Menschenverstand. Wahrscheinlich stirbt er an Lungenentzündung, bevor wir im Frühling aussäen können.«

»Ist er so krank?«

»Ich habe ihn noch nie kränker gesehen.«

»Vielleicht sollte ich ihm helfen?«

»Wovon redest du?«

»Mir geht es gut, Grandma. Ich kann wieder mit anpacken.« In den vergangenen Tagen war ich vom Melken befreit gewesen, aber jetzt wollte ich unbedingt wieder mithelfen. Ich fühlte mich nutzlos, wenn ich im Haus herumsaß, und ich wollte auf keinen Fall meine Sachen packen.

Sie wandte sich brüsk ab. »Hast du gedacht, du bist ein Eisbär, als du in dieses eiskalte Wasser gesprungen bist? Du schwimmst mitten im Winter im Teich herum, und er ist den ganzen Tag bei Glatteis unterwegs – was ist los mit euch beiden?«

»Nichts. Mir geht es gut.«

»Das meine ich nicht, George.«

Meine Füße waren noch empfindlich, aber einigermaßen wiederhergestellt, und die Schmerzen beim Laufen hielten sich in Grenzen. Ich zog Jacke und Mütze an und holte Tuckers Leine. Als er es bemerkte, wurde er ganz aufgeregt. Er wollte genauso gerne hinaus wie ich.

»Wo wollt ihr beiden hin?«, fragte Grandma misstrauisch. Wahrscheinlich hatte sie Sorge, dass ich zusammen mit Grandpa verschwinden würde.

»Kühe melken, sonst nichts.«

Sie seufzte gereizt. »Du bist ein McCray.«

Draußen pfiff der Wind, aber die Temperaturen schienen erträglich. Ich konnte keine Spur von meinem Großvater entdecken, weder auf dem Hof noch im Geräteschuppen. Der Maintainer war fort, aber ich hatte nicht gehört, wie Grandpa ihn angelassen hatte oder vom Grundstück gefahren war. Ich hielt Tucker an der kurzen Leine und schob die große Schiebetür zur Scheune auf. Zu meiner Überraschung saß mein Großvater da und molk die Kühe, so als wäre es das Normalste von der Welt.

Meine Großmutter hatte Recht. Er sah müde aus. Womit auch immer er sich beschäftigte, es schien ihn an den Rand seiner Kräfte gebracht zu haben. Ich legte ihm die Hand auf die Schulter, sonst hätte er wahrscheinlich gar nicht bemerkt, dass wir hinter ihm standen und ihm beim Melken zusahen.

Er hob den Blick, unter seinen blauen Augen zeichneten sich dunkle Ringe ab. »Oh, hallo George. Wie es aussieht, geht es dir wieder besser. Ich wünschte, ich könnte von mir dasselbe behaupten.« Er streckte die Hand aus und streichelte Tucker. »Hallo, alter Junge. Du bist ein richtiger Rettungshund, nicht wahr?«

Ich sparte mir jede Höflichkeit und kam gleich zur Sache: »Willst du uns nicht endlich mal erzählen, was du da treibst? Ich habe dich in den letzten Tagen kaum zu Gesicht bekommen, und Grandma wird noch verrückt vor Sorge.«

»So viel kann ich dir verraten, George: Es wird dir

gefallen.« Er hustete ein paarmal, lieferte aber keine weitere Erklärung.

Ich wollte endlich mehr erfahren und ließ nicht locker. »Bist du mit dem Maintainer neulich Nacht auf der Straße liegengeblieben? Im Geräteschuppen habe ich ihn nicht gesehen.«

»Nein. Hank Fisher und ich arbeiten an ein paar Verbesserungen. Er sollte bald damit fertig sein – sehr bald.«

»Hank?«

»Hank hat einen Generator. Ohne Strom hätte ich sonst das Schweißgerät nicht verwenden können.«

Ich verstand immer noch nicht, was er vorhatte und warum er so ein Geheimnis daraus machte.

Er hustete wieder und wischte sich mit dem Ärmel den Schweiß von der Stirn. »Keine Bange, George, du wirst es schon noch erfahren. Weißt du, eigentlich war es deine Idee, du hast gesagt, dass wir etwas unternehmen müssen.«

Bis zu Hanks Haus musste man drei Kilometer laufen, und ich konnte mir nicht vorstellen, wie man das bei diesem Wetter schaffen sollte, aber irgendwie hatte mein Großvater die Strecke zu Fuß zurückgelegt. »Ist es nicht gefährlich, bei diesem Glatteis so weit zu laufen?«

Er beugte sich auf dem Melkschemel nach vorne und hob grinsend einen Fuß an. Dann schob er sein Hosenbein über den Knöchel und zeigte mir die Unterseite seiner Stiefel. »Mit diesen kleinen Rackern war es nichts weiter als ein netter Morgenspaziergang.« Er hatte kleine Nägel in seine Sohlen geschlagen.

»Und das hat funktioniert?«

»Traumhaft. Dabei kam mir die Idee, in der Nacht vor deinem Badeausflug.«

»Was meinst du damit?« Offensichtlich wollte er mich überraschen, aber ich platzte vor Neugier.

Er schniefte, antwortete aber nicht mehr. Also fragte ich: »Geht es dir gut?«

»Grauenhaft. Ich muss ein bisschen schlafen.«

Genau in diesem Moment hörte ich, wie sich ein schweres Fahrzeug dröhnend näherte, der Maintainer war in die Einfahrt gebogen. Ich rannte nach draußen, und mein Großvater folgte mir. Hank Fisher saß hinter dem Steuer und grinste von einem Ohr zum anderen. Er kletterte vom Führerhäuschen herunter, und Grandpa schüttelte ihm die Hand.

»Hallo, Nachbar!«

Hank deutete stolz auf den Maintainer. »Und, was sagst du?«

Mein Großvater ging mit prüfendem Blick um das Fahrzeug herum. »Du hast deine Sache großartig gemacht.« Er blieb neben den Reifen stehen. Wie es aussah, hatten die beiden ein paar Veränderungen nach meinen Anregungen vorgenommen.

Jetzt wusste ich, womit sie beschäftigt gewesen waren. Ich legte eine Hand auf einen der riesigen Hinterreifen. »Wow!«

Hank hielt sich im Hintergrund. Er war stolz auf seine Arbeit. »War ein ziemlicher Aufwand«, sagte er. »Zuerst musste ich alle Holzfällerketten zusammensuchen, die ich finden konnte, und sie auf die richtige Länge abschneiden. Die Ketten und die Klammern zusammenzuschweißen war nicht besonders schwer. Aber diese kleinen Kerle hier haben mich nicht schlafen lassen.« Er ließ seine Hand über hunderte von kleinen Eisennägeln gleiten, die auf die Kette gelötet waren.

»Wie haben Sie das gemacht?«, fragte ich.

»Ich musste dafür dünne Stahlstangen in kleine Stifte sägen. Dann habe ich die Kette ausgelegt, damit ich die Stifte drauflöten konnte. Ich hoffe, dass die Schweißnähte halten. Aber das wird sich erst zeigen, wenn wir die Schaufel herunterlassen.«

Mein Großvater hustete und meinte: »Wir müssen den Winkel so anpassen, dass wir den Schotter auflockern, ohne ihn dabei von der Straße zu räumen.«

Er zog einen Sperrbolzen heraus, so dass er die Schaufel senkrecht zum Maintainer drehen konnte. Dann fixierte er die Einstellung, indem er den Bolzen wieder in das Loch schob.

Hank nickte. »Wir können versuchen, den trockeneren Schotter von unten an die Oberfläche und den vereisten Belag nach unten zu wenden.«

»Die Nägel allein werden nicht ausreichen, aber ich habe noch eine Idee, die hoffentlich den entscheidenden Unterschied machen wird. Es ist ein alter Trick, den ich vor vielen Jahren bei Tiefschnee gelernt habe«, sagte Grandpa.

Ich konnte seine Aufregung spüren und drängte: »Und?«

»In tiefem Schnee fährt der Maintainer gut auf ebenem Gelände und noch besser bergab. Aber wenn man den Schnee bergauf schieben muss, hat der Maintainer nicht genug Kraft. George, erinnerst du dich noch an den Abend, als du im Hof auf der Strecke geblieben bist? Ich habe damals gesagt, dass ich etwas ausprobieren will …«

»Ja.«

»Nun, das habe ich. Ich habe möglichst nur die abschüssigen und ebenen Streckenabschnitte geräumt. Im Hof hast du versucht, eine kleine Steigung hinaufzukommen. Als ich unseren Hügel nach Westen runtergefahren bin, hat es viel besser funktioniert. Fast hätte ich es geschafft. Wenn wir nur bergab räumen, könnte es mithilfe der Ketten und Nägel vielleicht klappen.«

Ich konnte ihm noch nicht ganz folgen. »Das verstehe ich nicht. Wie kannst du denn nur bergab räumen? Was ist denn mit den Straßenabschnitten, wo es bergauf geht?«

»Ganz einfach. Die Schaufel anheben und, ohne zu räumen, den Hügel hinauffahren. Dann drehen wir um und fahren denselben Hügel mit heruntergelassener Schaufel wieder hinunter.«

Ich wusste, dass er Recht hatte. Es würde funktionieren.

Es grenzte an Größenwahn, aber ich war nicht zu bremsen. »Kann ich die erste Runde fahren?«

Mein Großvater lächelte über meine Begeisterung, wollte aber von meinem Vorschlag nichts wissen. »George, das wird eine schwierige Sache. Lass es mich erst ausprobieren. Vielleicht kannst du es später versuchen. Es ist etwas völlig anderes, auf Glatteis zu fahren. Du darfst nie zu scharf bremsen, sondern musst das Bremspedal immer wieder kurz antippen. Sonst kommst du ins Schleudern und reißt die Nägel von der Kette ab.«

Mir fiel ein, dass mein letzter Ausflug ins Eis nicht gerade glorreich verlaufen war, also nickte ich nur und schlug kleinlaut vor: »Das kann ich.«

»Ich habe das selber noch nie gemacht, deswegen kann ich dir nicht genau erklären, wie es geht. Ich kann nur schätzen, dass wir nicht tiefer gehen sollten als unbedingt notwendig. Ich hoffe, dass die ersten paar Zentimeter genug trockenes Material nach oben befördern, um die unbefestigten Straßen befahrbar zu machen.«

»Was ist mit den asphaltierten Straßen?«, fragte Hank.

»Da versuchen wir, bis zum Straßenbelag durchzukommen.«

Mein Großvater, dieser alte Weihnachtsmann, sah aus, als müsste er sich übergeben. Er beugte sich vor, als er die Übelkeit spürte, gewann dann aber seine Fassung wieder. »Wir müssen jetzt alle ein paar Stunden schlafen, dann können wir morgen früh gleich loslegen. Hank, soll ich dich nach Hause fahren? Dann könnte ich gleich eine Testfahrt machen.«

»Du siehst elend aus, Bo. Ich werde zurücklaufen.« Er hob einen Fuß und zeigte uns seine Schuhsohle. Sie war genauso ausgestattet wie die von Grandpa. »Du hast die Strecke in den letzten Tagen sechsmal zurückgelegt. Jetzt bin ich dran.«

Mein Großvater ließ es dabei bewenden, und als wir zum Haus zurückgingen, kam mir der Gedanke, dass es in Cherokee County dieses Jahr vielleicht doch so etwas wie Weihnachten geben könnte.

»Glaubst du, dass wir alle Straßen in zwei Tagen räumen können?«

Mein Großvater klopfte mir auf den Rücken. »Wir haben noch nicht alle Probleme gelöst, George.«

Ich wusste, was er meinte. Damals gab es noch keine Räumfahrzeuge, die Salz auf den Straßen verteilten, damit das Eis schneller schmolz, oder Sand, damit die Reifen Halt fanden.

Die meisten Fahrzeuge hatten Hinterradantrieb, es gab keine Stahlgürtelreifen, und die wenigsten Leute hatten Winterreifen. Wenn der Maintainer nicht das Eis von den Straßen räumte, kamen die meisten unserer Nachbarn kaum aus ihrer Einfahrt heraus. Und wenn sie es aus der Einfahrt schafften, dann kamen sie nicht mehr sehr viel weiter.

Mein Großvater verdeutlichte das Problem. »Überall sind Bäume umgestürzt und blockieren die Straßen. Wir brauchen Kettensägen und Leute, die sie bedienen, und Traktoren, die die Äste aus dem Weg räumen. Um das alles vor Weihnachten zu schaffen, brauchten wir eine ganze Armee von Helfern. Wir tun, was wir können. Aber vielleicht könnten wir es schaffen, ein paar Hauptstraßen zu räumen.«

Wenn es nach mir gegangen wäre, hätten wir sofort angefangen, und ich hätte mich bereiterklärt, die erste Nachtschicht zu fahren, aber meine Versuche, das Kommando zu übernehmen, waren bisher kläglich gescheitert.

Ich sah, dass mein Großvater müde und erschöpft war, und wusste, dass es an diesem Abend nichts mehr werden würde. Erst viele Jahre später, als ich selbst schon eine Familie hatte, wurde mir klar, was er damals durchgemacht haben muss. Als Kind hat man immer das Gefühl, dass die Erwachsenen einen dazu anhalten, mehr zu tun, als man will, oder zu viel verlangen. Ich verstand damals noch nicht, dass ich ihm für jeden Zentimeter, den er mir zumutete, selbst einen ganzen Meter zugemutet hatte. Er konnte nicht mehr.

ZWEIUNDDREISSIG

In dieser Nacht musste ich zweimal aufstehen und meine Leintücher wieder unter die Matratze stopfen. Tucker lag an meinem Fußende und wälzte sich unruhig herum, und wie sehr ich mich auch bemühte, er schien nie genug Decke zu haben. So ging es die halbe Nacht, und ich hatte das Gefühl, mit einem Wecker in Hundegestalt im Bett zu liegen, der sich einfach nicht ausschalten ließ. Gegen halb fünf Uhr morgens rollte ich mich schließlich aus dem Bett und fasste einen Entschluss. Ehrlich gesagt, hatte mich nicht nur Tucker wach gehalten. Ich hatte die ganze Zeit einen Gedanken hin und her gewälzt und wollte ihn nun in die Tat umsetzen.

Das Melken am Morgen konnte ich alleine erledigen – so konnte sich mein Großvater schonen und ausnahmsweise ausschlafen, während ich alle Aufgaben erledigte und den Dieselmotor des Maintainers schon einmal für die Herausforderungen des Tages warm laufen ließ.

Nachdem ich mich in meinem dunklen, kalten Schlafzimmer angezogen hatte, holte ich die Leine und eine

Taschenlampe aus der Schublade in der Küche, dann machten Tucker und ich uns auf den Weg hinunter zur Scheune. Nur der gelbe Schein der kleinen Lampe leuchtete uns den Weg über den vereisten Hof.

Da die Stromleitungen noch immer unterbrochen waren, mussten wir weiterhin mit der Hand melken. Mein Großvater hatte Recht: Die automatische Melkmaschine war eine einmalige Erfindung, und ich konnte es nicht erwarten, bis sie wieder einsatzbereit war. An der Stelle hinter der Scheune, wo wir jeden Tag die Milch ausschütteten, hatte sich ein gefrorener Hügel gebildet, groß genug, um eine ganze Armee von Katzen zu verpflegen. Rund um den Milchberg fand ich auch Fährten von Waschbären, anscheinend hatten diese erfinderischen Tiere versucht, vereiste Milchbrocken herauszubrechen.

Um halb acht war die Sonne aufgegangen, ich hatte alle Aufgaben erledigt und das Eis im Teich aufgehackt. Ich ließ den Maintainer an, damit der Motor warm laufen konnte. Den ganzen Morgen über hatte ich damit gerechnet, dass mein Großvater zu mir stoßen würde, aber ich machte mir auch keine allzu großen Sorgen, als er nicht auftauchte. Als ich mit einem Arm voll Feuerholz das Haus betrat, wartete meine Großmutter mit dem Frühstück auf mich. »Wo ist Grandpa?«, fragte ich.

»Er hat die halbe Nacht auf der Toilette verbracht. Er ist erschöpft und krank und wird eine Woche lang das

Bett hüten müssen – wenn er Glück hat. Genau, wie ich gesagt habe.«

Ich war am Boden zerstört. Natürlich tat er mir leid – aber was war mit den Straßen? Was sollte aus unserem Weihnachtsfest werden? Er hatte sich so viel Mühe gegeben, und jetzt sollte alles umsonst gewesen sein? Ich wusste inzwischen, dass sich die Regeln ständig änderten und ich mich auf nichts verlassen konnte, aber das war trotzdem ungerecht. Ich war extra früh aufgestanden, um Grandpa zu helfen, damit er gleich auf den Maintainer steigen konnte und wir abwechselnd unsere Schichten fahren konnten, aber jetzt waren all meine Pläne zunichtegemacht. Genauso wie die Hoffnung auf ein Weihnachtsfest in Cherokee County.

Um acht Uhr wankte Grandpa in die Küche. Ich war so schrecklich enttäuscht, dass ich ihm kaum ins Gesicht sehen konnte.

Er brach das Schweigen. »Ziemlich ungünstiger Zeitpunkt, um krank zu werden, nicht wahr?«

Er sah noch schlechter aus als am Vortag, und mir war klar, dass er ins Bett gehörte. Ich murmelte: »Menschen werden nun einmal krank. Ich habe alles erledigt, was anstand.«

»Hast du auch das Eis im Teich aufgehackt?«

Es war mir peinlich, dass er danach fragen musste, aber ich wusste, dass es eine durchaus berechtigte Frage war. »Ja, das auch.«

»Ist das der Maintainer, den ich da höre?«

»Ja. Ich wusste nicht, dass du krank bist.«

»Nun, du machst ihn wohl besser aus. Vielleicht morgen.«

Meine Großmutter ging dazwischen wie eine wütende Katze: »Morgen?! Das glaube ich kaum.«

Big Bo McCray wusste, dass er sich geschlagen geben musste. Er wandte sich um und ging zurück ins Schlafzimmer. Dabei murmelte er: »Das werden wir ja sehen.«

Niedergeschlagen hockte ich am Küchentisch. Aber als ich mit den Fingern durch Tuckers Fell strich, begann ein neuer, noch besserer Plan in meinem Kopf Gestalt anzunehmen.

Eine Woche zuvor war ich mit dem Maintainer den Blackberry Hill hinaufgefahren, um Wild Tom Turner zu besuchen. In der Einfahrt zu Turners Wohnwagenparkplatz hatte ich ein seltsames Gefühl im Bauch – ein Schmerz genau unterhalb des Sonnengeflechts. Viele Jahre später erkannte ich in diesem dumpfen Schmerz in der Magengrube mein schlechtes Gewissen, das mich ermahnte, mir die Sache noch einmal zu überlegen. Zum zweiten Mal in einer Woche machte ich die Erfahrung, dass ich im Begriff war, etwas zu tun, was ich nicht tun sollte – aber unbedingt tun wollte. Wenn sie ernsthaft böse auf mich sein würden, was würde dann passieren? Würden sie mich nach Minnesota verbannen?

Nachdem ich in die Ärmel meiner Jacke geschlüpft und Handschuhe und Mütze angezogen hatte, machte ich mich mit Tucker auf den Weg. Im Geräteschuppen setzte ich mich dann ins Führerhäuschen des Maintainers, aber anstatt den Motor auszuschalten, tat ich, wozu ich eigentlich keine Befugnis hatte. Ich bin schließlich ein McCray.

»Tucker, komm rauf zu mir!« Ich rutschte zur Seite, und er machte es sich auf dem Lager gemütlich, das ich für ihn hergerichtet hatte.

Ich legte den Rückwärtsgang ein und rollte aus dem Schuppen. Tucker und ich würden die Straßen von Cherokee County räumen. Wir sahen uns nicht noch einmal um.

DREIUNDDREISSIG

Ich knöpfte meine Jacke bis zum Hals zu und stellte meine Füße neben den kleinen Heizapparat, der warme Luft von unten aus dem Maintainer heraufblies. Dann legte ich den ersten Gang ein und fuhr aus dem Hof hinaus. Als Abtrünniger konnte ich mir keine Verpflegung aus dem Haus holen.

Mir war klar, dass Grandma Cora die große Maschine vorbeifahren hören und mich von der Küche aus sehen würde. Sicher würde sie meinem Großvater alles berichten, aber auf diesem Glatteis konnte mich niemand einholen.

Am Ende der Einfahrt bog ich nach Osten ab und fuhr den Hügel hinunter. Mithilfe der Ketten und der selbst gebastelten Spikes, die Hank Fisher eine ganze Nacht lang angelötet hatte, fand der Maintainer sicheren Halt, aber der eigentliche Test würde das Herunterlassen der Schaufel sein.

Ich wollte die Umrüstung des Maintainers eigentlich an einer ebenen Stelle ausprobieren, wo seitlich nur kleine Gräben waren, aber zunächst ging es noch eine Weile bergab. Ich holte tief Luft, griff nach dem Hebel und ließ die Schaufel langsam hinunter, Zentimeter um Zentimeter.

Der Maintainer brach nach rechts aus, und ich verlor die Kontrolle über das Fahrzeug, genau wie ein paar Tage zuvor in der Einfahrt. Panik stieg in mir auf. Ich fürchtete, dass ich mitsamt der Maschine umkippen würde, und tat das Schlimmste, was ich in dieser Situation hatte tun können: Ich stieg zu hart auf die Bremse. Der Maintainer schlitterte über das Eis. Ich wollte nicht schon scheitern, ehe ich auch nur den Fuß unserer Anhöhe erreicht hatte, und plötzlich fielen mir Grandpas Worte wieder ein. Obwohl es widersinnig erschien, versuchte ich, die Bremse zu lösen und nur leicht anzutippen. Der Maintainer fing sich wieder und hörte auf zu rutschen. Als ich die Schaufel bis auf den Straßenbelag absenkte, gewann ich noch bessere Kontrolle über das Fahrzeug. Es knirschte, als das Eis von der Straße abgetragen wurde, aber es klang wie Musik in meinen Ohren. Ich drehte mich um und sah hinter mich.

Der Maintainer war die größte Eiswürfelmaschine der Welt, er spuckte riesige Eisbrocken zu beiden Seiten der Schneeschaufel aus. Großvater hatte Recht gehabt – wir brauchten tatsächlich den Schwung bergab.

Und nun wollte ich meinen Plan in die Tat umsetzen.

Mein erstes Ziel war unser nächster Nachbar im Osten, Frank Thorne. Nachdem ich seine Einfahrt geräumt hatte, sprang ich hinunter und rannte zu seiner Tür.

Ich war völlig außer Atem, aber als Thorne an die Tür kam, sprudelten die Worte aus mir heraus. »Ich wollte mich bedanken.«

»Nicht der Rede wert, Junge.« Er schien meinem Blick auszuweichen. »Wie geht es dir? Als ich dich zum letzten Mal gesehen habe, warst du in ziemlich schlechter Verfassung.«

»Es geht mir wieder gut. Es war schön, diesen Kerl bei mir zu haben«, sagte ich und deutete auf Tucker.

»Ich musste ein paar Dinge erledigen und konnte ihn nicht mitnehmen – danke, dass du noch einmal auf ihn aufgepasst hast.«

Er beugte sich hinunter und tätschelte Tucker den Kopf.

»Kein Problem.«

»Nimm ihn noch ein bisschen mit. Ich sehe ihm an, dass er gerne mit dir auf dieser großen Maschine unterwegs ist. Was willst du von mir, George?«

Ich war aufgeregt und brachte kaum ein Wort heraus. »Ich wollte fragen … ob Sie mir … vielleicht bei einer Sache helfen könnten?«

Er sah mich misstrauisch an. »Ein McCray bittet einen Thorne um Hilfe?«

Es lag viel Bitterkeit in seinen Worten, aber ich wies ihn auf eine unbestreitbare Tatsache hin: »Mr Thorne, Sie haben neulich erst einem McCray geholfen. Sie haben mir das Leben gerettet.«

Ich meinte ein Leuchten in seinen Augen zu entdecken und wusste, dass er ein wenig stolz auf sich war – zu Recht. »Worum geht es?«

Als ich ihm mein Problem auseinandergesetzt hatte, sah er mich merkwürdig an und sagte: »Warte hier.« Er schloss die Tür, und ich wartete in der kalten Morgenluft, dass er zurückkäme. Als er wieder aus dem Haus trat, hatte er dicke Wintersachen an, eine Kettensäge in der einen Hand und die Schlüssel seines alten braunen Lastwagens in der anderen.

VIERUNDDREISSIG

Als mein Großvater am Nachmittag von einem kurzen Schläfchen aufwachte, bestand meine Großmutter darauf, dass er aufstand und zum Essen in die Küche kam. Später erzählte er mir, dass sie wie ausgewechselt gewesen war. Erst hatte sie ihn noch ins Schlafzimmer verbannt, und nun wollte sie auf einmal, dass er aufstand. Sie hatte ihm nichts davon erzählt, dass ich am Morgen mit dem Maintainer aus der Einfahrt gefahren war, wahrscheinlich hatte sie sicherstellen wollen, dass er im Bett blieb.

Sie hatte die Hände in die Hüften gestemmt und beugte sich über sein Bett: »Bo, du bist ein fauler Nichtsnutz. Steh sofort auf und komm in die Küche zum Essen. Außerdem möchte ich, dass du dir etwas ansiehst.«

Als er ans Küchenfenster trat und in den Hof hinausspähte, wollte er seinen Augen kaum trauen. Er sah auf die Armee hinaus, von der Hank und er gesprochen hatten – die Armee, die notwendig war, um die Straßen von Cherokee County zu räumen. Dreizehn Lastwagen voller Männer mit Kettensägen und vierzehn Traktoren mit Schneepflügen oder mit Ketten im Schlepptau, um das

Holz aus dem Weg zuräumen. Am Morgen hatte Thorne mir und Tucker dabei geholfen, die Nachricht von Farm zu Farm zu verbreiten. Jetzt waren alle wild entschlossen: *Lasst uns die Straßen für Weihnachten räumen.* Die McCray-Farm war das Basislager für diese Operation. Es schien eine Art Wettkampf zu geben, wer die größte Hilfe war. Jede Einfahrt, die Thorne und ich an diesem Morgen geräumt hatten, bescherte uns einen weiteren freiwilligen Straßenräumer. Trotz der anhaltenden eisigen Temperaturen waren die Arbeitsbedingungen annehmbar. Schneefall und Eisregen hatten aufgehört, und so wurden die Verhältnisse zumindest nicht schlechter.

Schließlich hatte sich das Gerücht bis in die Stadt verbreitet, und auch die Telefon- und Stromgesellschaften schlossen sich dem Projekt an.

Mein Plan sah vor, zuerst die umgestürzten Bäume und Äste von den Straßen zu räumen, damit die Versorgungsfahrzeuge mit den Reparaturarbeiten an den Leitungen beginnen konnten und man mit dem Maintainer durchkam. Wenn ich damit erst einmal eine knapp drei Meter breite Schneise in die Mitte der Straße geschlagen hatte, dann würden die wesentlich kleineren Traktoren genug Halt finden, um mit ihren kleinen Schneepflügen eine weitere Schicht Schnee und Eis abzutragen. Auf diese Weise konnte der Maintainer zusammen mit vier oder fünf Traktoren die Straßen räumen. Ohne den Maintainer als Vorhut wäre das nicht möglich gewesen.

Tucker und ich fuhren am 22. und am 23. Dezember den ganzen Tag auf dem Maintainer. Thorne hatte es sich anders überlegt und übernahm ein paar Nachtschichten.

Auch die Straßenarbeiter arbeiteten die Nacht durch. In ganz Cherokee County türmten sich am Straßenrand Holzstapel und Berge von Eisbrocken auf. Am dritten Tag, dem Weihnachtstag, wurden wir schließlich mit wärmerem Wetter verwöhnt, das uns die Arbeit erleichterte. In vielen Häusern – einschließlich unserem – gab es nun wieder Strom und Telefon. Die Verhältnisse begannen sich allmählich zu normalisieren.

Frank Thorne hatte ganz automatisch die Führungsrolle für die Straßenhilfsarbeiter übernommen. Ich gab die Zügel nur zu gerne aus der Hand. Offensichtlich hatte er ein größeres Talent, für andere die Organisation zu übernehmen, als sein eigenes Leben zu ordnen. Mein Großvater hatte erzählt, dass Thorne im Krieg trotz allem ein guter Soldat gewesen war. Vielleicht gewann er nun einen Teil seines Stolzes und seiner Selbstachtung zurück, indem er sich aufraffte und die Verantwortung für ein Team übernahm.

Grandma Cora und die Frauen aus der Nachbarschaft machten sich in unserer Küche nützlich und stellten die Versorgung der hungrigen Arbeiter mit Kaffee und Bergen von Essen sicher. Während ich den Maintainer fuhr, blieb Tucker immer bei mir, und ich hätte mir eine Schicht ohne ihn nicht mehr vorstellen können. Es war einfach wunderbar, ihn wieder bei mir zu haben – auch wenn er nicht wirklich mir gehörte.

Am frühen Nachmittag des 24. Dezember kam ich von meiner letzten Schicht nach Hause und fiel eher vom Maintainer, als dass ich abstieg. Alle waren nach Hause gegangen. Der Parkplatz, auf dem sich unsere Mannschaft versammelt hatte, war leer. Anstatt auf den Maintainer zu klettern, um die nächste Schicht zu übernehmen, legte mir mein Großvater nur den Arm um die Schultern und sagte: »Wir sind fertig. Es reicht.«

Ich wollte schon protestieren, dass noch immer einige Straßen nicht geräumt waren, aber er blieb dabei. »Es reicht. Ich denke, es ist zu einem großen Teil dein Verdienst, dass in Cherokee County heute Weihnachten gefeiert wird. Komm ins Haus. Da möchte dich jemand gerne begrüßen.«

In der Einfahrt parkten nur unsere eigenen Autos, deswegen wunderte ich mich, dass ich Besuch haben sollte. Ich lief mit Tucker zum Haus hinauf. Nachdem ich meine schmutzigen Stiefel ausgezogen hatte, öffnete ich die Tür und ging in die Küche. Mein Großvater folgte mir.

Neben dem Spülbecken standen meine Mutter und meine beiden Schwestern. Sie hatten beschlossen, den Bus von Minneapolis nach Crossing Trails zu nehmen. Dank unserer Anstrengungen in den letzten beiden Tagen hatten Hank und seine Frau sie dann den restlichen Weg mit dem Auto hierher fahren können. Meine Großeltern hatten gewusst, dass sie unterwegs waren, aber sie hatten mich überraschen wollen. Es war das schönste Weihnachtsgeschenk, das man mir machen konnte.

Tränenüberströmt stürzte meine Mutter mir entgegen, nahm mich in die Arme und wiegte mich vor und zurück. Sie hielt mich so fest, dass ich beinahe keine Luft mehr bekam. Immer wieder sagte sie: »Mein Schatz, mein kleiner Schatz ...«

Ihre nassen Tränen fühlten sich warm auf meinem kalten Gesicht an. »George, du frierst ja.«

Sie legte mir ihre weichen Hände an die Wangen, wie um mich zu wärmen, genau wie sie es immer getan hatte, seit ich ein kleiner Junge war. »Ich kann einfach nicht glauben, was du geschafft hast! Ich bin stolz auf dich. Deine Schwestern und ich haben dich so vermisst.«

Ihre Wärme durchströmte mich und gab mir Kraft, aber ich war so ergriffen, dass ich kein Wort herausbrachte. »Danke, Mom«, war alles, was ich sagen konnte. Ich beugte mich nach unten und umarmte Tucker. »Das ist unser Hund!« Das war vielleicht nicht ganz die Wahrheit, aber ich empfand es so. Tucker war ein McCray geworden.

Ehe ich mich versah, hatten mich auch meine beiden Schwestern Trisha und Hannah in die Arme geschlossen, und ich merkte, wie sehr mir der Rest meiner Familie gefehlt hatte. Sie sahen mich an und stellten fest: »George, du hast dich verändert.«

Meine Großmutter hielt sich währenddessen im

Hintergrund und ließ uns bei unserem Wiedersehen in Ruhe. »Setzt euch und esst!«, sagte sie schließlich und scheuchte uns alle an die festlich gedeckte Tafel im Wohnzimmer.

Zum ersten Mal seit dem 14. Juni 1962 saß meine ganze Familie beisammen, lachte und war glücklich. Die Abwesenheit meines Vaters war spürbar, aber sie erdrückte uns nicht.

Wir saßen eine ganze Weile am Tisch und unterhielten uns, aßen viel mehr als notwendig, ganz so, als müssten wir die vielen ausgefallenen gemeinsamen Mahlzeiten der letzten Monate nachholen. Immer wieder ging meine Großmutter in die Küche, um mit Nachbarn und Freunden zu telefonieren. Wir konnten im Wohnzimmer nicht viel von ihren Gesprächen verstehen, aber offensichtlich gab es auf allen Seiten eine Menge zu berichten. Sie verbrachte den größten Teil des Nachmittags mit unseren Nachbarn am Telefon – und tat das so klammheimlich, dass ich den leisen Verdacht hatte, sie würde auch etwas aushecken.

Wir hatten Freude daran, uns scheinbar unwichtige, alltägliche Kleinigkeiten zu erzählen, die unser Leben in den letzten Monaten ausgemacht hatten – der unzuverlässige Gasofen im neuen Haus; der Tag, an dem ein Kind die Jungentoilette in der Schule überflutet hatte; der Verkehr außerhalb von Minneapolis; wie ich die Kühe ohne die Melkmaschine gemolken hatte und vieles mehr. Natürlich wollte Mom alle Einzelheiten über meinen Sturz in den zugefrorenen Teich hören und alles über Tuckers Heldentaten. Ich achtete darauf, dass auch Frank Thornes Verdienst gebührend gewürdigt wurde. Während wir uns unterhielten, wanderte Tucker im Zimmer herum und freundete sich mit Mom und meinen Schwestern an, auch mithilfe der Essensreste, die sie unter den Tisch fallen ließen.

Als sich der Nachmittag schließlich dem Ende zuneigte und wir dabei waren, den Tisch abzuräumen und das Geschirr abzuwaschen, geschah etwas vollkommen Unerwartetes. Alles fing damit an, dass jemand an die Hintertür klopfte. Auf dem Land ist es nicht üblich, den Haupteingang zu benutzen.

Als ich öffnete, stand Hank Fisher mit seiner Frau vor der Tür. »Na, wenn das nicht der jüngste Straßenwart aller Zeiten ist!«, dröhnte Hank Fisher und schüttelte mir die Hand.

Ehe ich ihn hereinbitten konnte, tauchten auch schon unsere westlichen Nachbarn, William Foster und seine Familie, in der Tür auf. Alle erklärten, sie wollten den McCrays danken, dass sie die Straßen geräumt hatten. Während sie in die Küche traten, klopfte es wieder an der Tür, und immer mehr Autos fuhren in den Hof. Nach und nach kamen beinahe alle unsere Nachbarn und viele der freiwilligen Helfer der Räumtruppe.

Als schließlich sechs oder sieben Autos im Hof standen und keines wieder fuhr, begriff ich, dass dies keine zufällige Geste der Dankbarkeit unserer Nachbarn war und die Fishers, Fosters und all die anderen nicht von ungefähr alle gleichzeitig vorbeigekommen waren. Grandma Coras Telefongespräche! Sie steckte dahinter.

Tucker schlängelte sich durch unser volles Haus. Überall in der Küche, in Wohnzimmer und Esszimmer drängten sich die Leute. Der Weihnachtsbaum, der vor wenigen Tagen noch so trist ausgesehen hatte, leuchtete nun plötzlich im hellen Schein der Lichterkette und war umgeben von rot und grün eingewickelten Päckchen. Mrs Slater und der größte Teil der Familie Rather (Sherry war zuhause mit einem gesunden kleinen Jungen) und sogar ein stiller, aber lächelnder Frank Thorne mischten sich unter die Gäste. Die meisten Geschenke, die nun auf einmal unter dem Baum lagen, stammten von dankbaren Einwohnern von Cherokee County.

Viele unserer Nachbarn erkannten Tucker wieder, weil sie ihn neben mir auf dem Maintainer gesehen hatten. Hank Fisher tätschelte ihn freundlich und sah mich an.

»George, wenn Feuerwehrleute Dalmatiner brauchen, braucht ein Straßenwart wohl einen Irish Setter!« Frank Thorne stand in Hörweite von Hank und sah mich genau in diesem Moment an und nickte. Ich nickte zurück, obwohl mich der Gedanke traurig stimmte, dass meine gemeinsame Zeit mit Tucker nun bald zu Ende sein würde – genauso wie meine gemeinsame Zeit mit all den wunderbaren Menschen, die hier versammelt waren.

Grandpa Bo fühlte sich nach seiner Grippe und den

Nachtschichten auf dem Schneeräumer noch ein bisschen schwach, aber seine Energie schien mit den vielen Leuten, die ihm gute Besserung wünschten, zurückzukehren. Bisher hatte er wahrscheinlich kaum mehr als zwanzig Worte mit seinen Nachbarn gewechselt, aber an diesem Abend erzählte Grandpa ausführlich, wie ich auf eigene Faust seine Rinderherde vor dem sicheren Tod gerettet hatte und wie stolz er auf mich war, weil ich den Straßennotdienst organisiert hatte. Er erzählte jedem, der es hören wollte, dass allein durch meine Hartnäckigkeit die Straßen wieder frei waren.

Meine Familie ließ die Prahlereien meines Großvaters durchgehen, obwohl mir die ganze Aufmerksamkeit etwas peinlich war, wie sie es wohl jedem dreizehnjährigen Jungen gewesen wäre. Aber noch etwas anderes ist mir in Erinnerung geblieben. Sowohl meine Mutter als auch ich begriffen an diesem Abend, dass sie mich *nicht* einfach in Kansas *zurückgelassen* hatte. In den vergangenen vier Monaten, und vor allem in den letzten Tagen, war ich vielmehr *einen gewaltigen Schritt vorangekommen.*

Nachdem auch der letzte Gast mit guten Wünschen für ein gesegnetes Weihnachtsfest gegangen war, das abendliche Melken erledigt und das Geschirr abgewaschen und weggeräumt war, zog Großmutter ihren Mantel an und forderte uns auf, es ihr nachzutun. »Wir fahren in die Stadt.« Wie es aussah, hatte sie sich noch eine weitere Überraschung ausgedacht.

Ich wollte meinen Freund auf keinen Fall alleine lassen. »Kann ich Tucker mitnehmen?«

»Natürlich, aber er wird eine Weile im Auto warten müssen.«

Als wir uns nicht schnell genug fertig machten, trieb sie uns an: »Los, kommt schon!«

Die ganze Familie zwängte sich samt Hund in Grandmas Chevrolet Impala und machte sich auf den Weg in die Stadt. Wir hatten keine Ahnung, was Grandma vorhatte. Offensichtlich wusste auch mein Großvater nicht Bescheid. Sie gab während der Fahrt Anweisungen: »An der Ampel links. Jetzt geradeaus. Bis zur Schule.«

Der Parkplatz vor der Crossing Trails Central School war voll. Als wir ausstiegen, drückte Grandma eine Plastiktüte so fest an sich, als hätte sie darin den Inhalt eines Banktresors versteckt. Meine Mutter kurbelte ihr Fenster ein Stück nach unten bevor sie ausstieg. Tucker hatte es sich auf der Rückbank unter einer warmen Wolldecke gemütlich gemacht. Er war froh, bei unserem Ausflug in die Stadt dabei zu sein, und schien zu verstehen, dass nicht jede Angelegenheit auch eine Hundeangelegenheit war.

Wenige Augenblicke später war klar, was Grandma Cora an diesem Abend geplant hatte. Mithilfe einiger Frauen aus der Gemeinde sollte in Crossing Trails eine spontane Weihnachtsfeier stattfinden, die niemand mehr für möglich gehalten hatte. Wir versammelten uns alle in der Aula der Crossing Trails Central School.

Nachdem sich die Zuschauer gesetzt hatten, mühten sich ein paar Erstklässler auf der Bühne mehr schlecht als recht mit ein paar Weihnachtsliedern ab. Trotzdem strahlten die meisten Erwachsenen, auch meine Mutter und meine Großeltern, beim Klang der Kinderstimmen. Als ich mich gerade wieder hinsetzen wollte, nahm Grandma mich bei der Hand. Sie hielt noch immer die Plastiktüte umklammert.

»Du nicht, George, du kommst mit mir.«

Es war klar, dass sie einen bestimmten Plan verfolgte, während sie mit mir zur Jungentoilette eilte und mir die Tüte in die Hand drückte. »Zieh das an und such dann deine Lehrerin – sie wartet hinter der Bühne auf dich. Und beeil dich. Wir haben nicht viel Zeit«, sagte sie, ehe sie den Gang hinunterging und verschwand. Ich spähte in die Tüte. Grandma hatte in aller Eile ein Weihnachtsmannkostüm genäht. Ich zog es an, einschließlich einer Mütze mit angenähtem weißem Bart, und betrachtete mich im Spiegel. Ich sah absolut lächerlich aus.

»Hey, George – kannst du mir mal helfen?« Ich hatte gedacht, dass ich alleine in der Toilette wäre, bis ich die Stimme meines Klassenkameraden Eddie Sampson hörte, der versuchte, sich in einen Elfenanzug zu zwängen. Plötzlich kam ich mir nicht mehr ganz so lächerlich vor.

Wie sich herausstellte, war die Aufführung des Weihnachtsspiels der Sechst- und Siebtklässler der Höhepunkt der Weihnachtsfeier. Mit meinem Text aufzutreten, den ich nie auswendig gelernt hatte, noch dazu in diesem Weihnachtsmannkostüm, das erforderte weit mehr Mut, als während eines Schneesturms einen Maintainer zu fahren oder ein paar Kühe aus einem gefrorenen Teich zu retten. Ich war erleichtert, als Mrs Weeks mir das Rollenheft gab.

»Wir spielen nur den letzten Akt, und du kannst deinen Text ablesen.«

Dann trat sie auf die Bühne, gefolgt von den Schauspielern des Stückes »Der Weihnachtsmann und die verirrten Elfen«. Mit klopfendem Herzen stolperte ich auf die Bühne. Wenn ein harter Kerl wie Eddie in der Öffentlichkeit rote Strumpfhosen tragen konnte, dann konnte ich auch Grandmas Weihnachtsmannkostüm tragen und etwas vorlesen. Das konnte ich aus dem Ärmel schütteln.

Mrs Weeks trat ans Mikrofon, fasste die ersten beiden Akte für das Publikum zusammen und schloss mit den Worten: »Da die Schule ausgefallen ist, hatten unsere Schauspieler keine Gelegenheit, ihren Text auswendig zu lernen. Daher wird der dritte Akt mit verteilten Rollen vorgelesen. Die Rolle des Weihnachtsmannes übernimmt George McCray.«

Zu meiner Bestürzung johlte meine Schwester Trisha laut los, als mein Name genannt wurde. Damit war aber auch schon das Schlimmste vorbei. Mit der kurzen Zusammenfassung der beiden ersten Akte und dank der Tatsache, dass Kinder dazu neigen, zu schnell vorzulesen, wurde es ein erträglich kurzes Stück.

Als ich zum Abschluss mein »Fröhliche Weihnachten!« schmetterte, brandete begeisterter Applaus auf. Meine Freundin Mary Ann, die als Engel verkleidet war, trug ihre Haare unter einem Plastikheiligenschein zurückgebunden. Ich sah sie an und fand, dass ihr die Rolle gut stand.

Sie tätschelte mir im Scherz den Arm. »Gut gemacht, George! Du bist nicht mal eingeschlafen!«

»Nur weil du keinen Text hattest«, konterte ich. Ohne Vorwarnung beugte sie sich vor, gab mir einen Kuss auf die Wange und flüsterte: »Ich werde dich vermissen!«

Zum Glück stürmte sie davon, so dass sie nicht sah, wie ich dunkelrot anlief.

Nachdem ich mich wieder umgezogen und hastig, aber dennoch wehmütig von ein paar Freunden verabschiedet hatte – sie schworen mir alle ewige Brieffreundschaft –, holte ich meine Familie am Ausgang ein, und wir gingen zusammen zu Grandmas Auto. Ich rannte voraus, um Tucker herauszulassen, und kehrte mit ihm zu den anderen zurück. Plötzlich rief jemand auf dem Parkplatz nach uns. Ich nahm an, dass es nur ein weiterer Nachbar mit guten Weihnachtswünschen wäre.

»Hallo, George!«

Es war Frank Thorne. Er kam zu uns herüber, mit einem Päckchen in der Hand.

Zu meiner Überraschung umarmte meine Großmutter Thorne herzlich. Aber dann fiel mir wieder ein, wie sie ihm geholfen hatte, wieder auf die Beine zu kommen und seine Gewohnheiten zu ändern – mit beträchtlichem Erfolg.

»Unser George hat im Weihnachtsstück mitgespielt. Er war der Star des Abends.«

Thorne sah mich anerkennend an. »Ich habe ihn gesehen. Ein verdammt, ich meine wirklich guter Weihnachtsmann.«

Er schüttelte mir die Hand. »Ich wollte dir danken, George. Was du und deine Familie für mich getan habt, bedeutet mir mehr, als du dir vorstellen kannst. Ich möchte, dass du das hier bekommst.« Damit gab er mir das Päckchen, das er dabeihatte.

Unschlüssig hielt ich es in der Hand.

»Los, mach es auf.«

Das Papier ließ sich leicht öffnen, aber im dämmerigen Licht auf dem Parkplatz erkannte ich nicht gleich, was ich in der Hand hielt. Es war das Foto von Thorne und meinem Vater, das bei ihm an der Wand gehangen hatte. Ich musste schlucken und gab ihm die Hand. »Danke, Mr Thorne. Ich freue mich über ein Bild von Ihnen und meinem Dad.«

Diesmal war sein Ton freundlich, ohne die Schärfe, die sonst immer darin lag. »Nenn mich Frank. Dein Vater war ein feiner Kerl. Der beste Freund, den ich je hatte.«

In Thornes Leben war eine Menge schiefgelaufen, und er hatte mehr als einmal eine falsche Entscheidung getroffen. Aber in diesen wenigen Wochen war mir klar geworden, was für ein guter Mensch er eigentlich war. Ich hatte Thorne Unrecht getan. Er erteilte mir in jenen Dezembertagen eine wichtige Lehre fürs Leben – dass ein vorschnelles Urteil nur Schaden anrichtet.

Ich war dankbar für das Foto und die netten Worte, aber was nun folgte, bedeutete noch viel mehr.

Thorne starrte einen Moment auf seine Stiefel hinunter und sah mich dann an. In seinen Augen blitzte etwas auf, was ich nur als wilde Entschlossenheit deuten konnte. Tucker zog an seiner Leine und jaulte. Ich ließ ihn los, und er lief zu Thorne. Der beugte sich hinunter, um den Hund zu streicheln, und vergrub dann sein Gesicht in seinem Fell. Als er sich wieder aufrichtete, hatte er Tränen in den Augen.

»George, ich habe einen Job gefunden. Den ersten seit Jahren. In der Fabrik in Kansas City, ich werde dort Fords zusammenbauen. Deswegen habe ich dich gebeten, noch ein paar Tage länger auf den Hund aufzupassen, ich musste noch ein paar Sachen regeln. Red muss auf einer Farm leben. Ich habe mir überlegt, ob es deinen Großeltern und dir etwas ausmachen würde, wenn ihr ihn zu euch nehmt?« Ehe ich antworten konnte, fügte er hinzu: »Diesmal für immer.«

Ich sollte in wenigen Tagen nach Minnesota abreisen, aber ich war sicher, dass mir meine Mutter erlauben würde, den Hund mitzunehmen. Vielleicht nicht gleich beim Umzug, aber sicher könnte ich ihn später nachholen. Ich sah meinen Großvater an und setzte dabei die flehendlichste Miene auf, die ich zustande brachte. Aber es war nicht viel Überzeugungsarbeit nötig.

Noch ehe ich etwas sagen konnte, nickte mein Großvater zustimmend. »Frank, die Sache geht in Ordnung. Wir können einen guten Hund brauchen.«

Auch Thorne nickte. Er schien mir Mut machen zu wollen. »Worauf wartest du, George? Du tust mir damit einen Gefallen.«

Ich kniete mich hin und kraulte Tucker. Er legte den Kopf schief und sah erst Thorne an, dann mich. Offenbar hatte er alles verstanden. Er blickte noch einmal Thorne an und bellte. »Bleib«, bedeutete ihm Frank mit einem kleinen Lächeln. »Ist in Ordnung so – Tucker.«

Ich spürte Tuckers kalte, nasse Nase und sein weiches Fell im Gesicht und konnte mir nicht erklären, nach welchen Regeln diesmal gespielt wurde. Warum durften wir diesen Hund auf einmal behalten? Aber ich spürte eine abgrundtiefe Dankbarkeit. Ich war schrecklich aufgeregt, dass Tucker nun schon beinahe mir gehörte, und es würde eine große Enttäuschung sein, wenn ich ihn nicht mitnehmen könnte.

»Mr Thorne – Frank …«, stotterte ich und sah auf, um mich bei ihm zu bedanken, aber er war schon wieder auf dem Weg zu seinem Lastwagen. Der alte Motor sprang an, und Thorne winkte ein letztes Mal, dann fuhr er davon und ließ mich völlig benommen stehen. Ich hielt Tucker so fest, als wollte ich ihn nie wieder gehen lassen. Als ich aufstand, überlegte ich mir tausend Möglichkeiten, wie ich Frank Thorne danken könnte, aber ich bekam keine Gelegenheit mehr dazu. Am nächsten Morgen wurde sein gesamtes Hab und Gut auf seinen Lastwagen geladen. Er stieg ein und fuhr weg, ohne sich zu verabschieden. Wir haben ihn nie wiedergesehen.

FÜNFUNDDREISSIG

Als wir nach Hause kamen, nahm meine Mutter mich immer wieder in den Arm und wollte jede Kleinigkeit aus den vergangenen Wochen wissen. Ich hockte im Wohnzimmer auf dem Boden und antwortete ihr, so gut ich konnte.

»Hattest du keine Angst davor, diesen riesigen, alten Schneeräumer zu fahren?«

»Am Anfang schon. Aber nach ein paar Tagen hatte ich mich daran gewöhnt.«

»Erzähl mir noch einmal die Geschichte mit dem Eis.«

Genau in diesem Moment wandte sich Tucker mit einem freundlichen Bellen an Mom. Sie strich ihm über das weiche Fell. »Ich weiß genau, wie du dich gefühlt hast, Tucker. Ich habe mir auch große Sorgen um George gemacht.«

Meine Schwestern und meine Großeltern gesellten sich zu uns ins Wohnzimmer, um ein paar Geschenke auszupacken. So war es immer am Weihnachtsabend gewesen. Es war schon ziemlich spät, aber dies war eine Tradition in der McCray-Familie. Ich für meinen Teil hatte allerdings keine Lust, noch etwas auszuwickeln, denn für mich war Tucker das allerschönste Geschenk unter dem Weihnachtsbaum.

Ich konnte einfach nicht glauben, dass er mir gehören sollte. Immer wieder umarmte ich meinen schönen rotbraunen Hund und zeigte ihm, wie glücklich ich war, dass er jetzt für immer bei uns bleiben würde.

Meine Mutter saß in dem Sessel, der dem Kamin am nächsten stand, und starrte auf all die Geschenke. Um ihre Lippen spielte ein Lächeln, aber ihre Augen waren traurig. Ich glaube, wir hatten alle dasselbe mulmige Gefühl. Dank des ganzen Wirbels in unserem Haus, als alle Nachbarn spontan vorbeigekommen waren, und dank der anschließenden Aufregung bei der Weihnachtsfeier und schließlich Thornes Geschenk an mich hatte ich die Tatsache verdrängt, der wir nun alle zusammen ins Auge sehen mussten: Dies war das erste Weihnachtsfest, das wir ohne meinen Vater feierten.

Mom merkte, dass ich sie ansah, und sagte: »Du musst dich bei einer Menge Leute für die Geschenke bedanken, junger Mann.«

Bis gegen Mitternacht öffneten wir gähnend und mit schläfrigem Blick die Geschenke von unseren Nachbarn und Freunden. Die persönlicheren Geschenke aus der engeren Familie sparten wir uns für den ersten Weihnachtsfeiertag auf. Meine Schwestern spielten Knecht Ruprecht und lasen laut vor, für wen die einzelnen Geschenke waren. Wir mussten alle schmunzeln, wie viele davon für Tucker bestimmt waren. »Hier ist noch eins – für den großen roten Hund!« Auch für mich waren viele Geschenke dabei.

Natürlich kann ich mich nicht mehr an jedes einzelne erinnern, aber ein paar waren etwas Besonderes, zum Beispiel ein Dankesschreiben von Mrs Slater. Sie hatte ein Bild von Tucker gezeichnet und eine kleine rotbraune Hundefigur aus Plastik beigelegt, die ich noch heute an den Weihnachtsbaum hänge.

Das Feuer im Kamin strahlte eine wohlige Wärme aus, und die Geschenke waren ausgepackt. Ich war glücklich, dass Tucker und meine Familie bei mir waren. Ich fühlte mich geborgen und lauschte einfach den Gesprächen, ohne jedes einzelne Wort zu verfolgen. Was sie sagten, war nicht wichtig. Es glich einer Symphonie – die einzelnen Instrumente gingen in größeren Motiven und Harmonien auf. Ich hatte diese Musik schon sehr lange nicht mehr gehört, und außerdem fehlte ein wichtiges Instrument. Aber trotzdem war es ein altbekanntes, vertrautes Familienkonzert, das in dieser Nacht wieder bei uns zuhause erklang.

Meine Schwestern und meine Mutter saßen am Tisch und versuchten, ein Puzzle zusammenzusetzen, dessen Motiv sie noch nicht kannten. Ich lauschte ihnen und döste ein. Die letzten Worte, an die ich mich erinnere, waren: »Grandma hat das Puzzle vom letzten Jahr nicht angerührt.«

SECHSUNDDREISSIG

Am ersten Weihnachtsfeiertag machten Trisha und Hannah uns beiden Männern im Haus gleich das erste Geschenk und halfen bei den anstehenden Arbeiten. Grandma und Mom bereiteten inzwischen das Frühstück vor. Selbst mit Strom brauchten wir für das Melken zwei Stunden. Während ich Trisha und Hannah bei ihren Versuchen beobachtete, einer Kuh die Melkmaschine überzustreifen, kam ich mir wie ein alter Profi vor. Ich amüsierte mich den größten Teil des Morgens köstlich. Grandpa und ich waren routiniert genug, um das Ganze in eineinhalb Stunden zu erledigen, aber sicher hätten wir dabei nicht halb so viel Spaß gehabt.

Das Frühstück wurde im Esszimmer serviert. Zu besonderen Anlässen wie dem ersten Weihnachtsfeiertag gab es meistens dasselbe Festessen: lauwarme Buttermilchbrötchen, gebratenen Speck und Rührei, alles auf edlem Geschirr aufgetürmt. Wir langten kräftig zu und standen bald satt vom Tisch auf.

Wir gaben uns alle große Mühe, dankbar für das zu sein, was wir hatten, und nicht darüber nachzugrübeln, was wir verloren hatten. Aber die heitere Stimmung vom

Vortag war verflogen, und wir mussten der bitteren Tatsache ins Auge sehen, dass John McCray, unser Vater, Sohn und Ehemann, tot war. Es würde noch viele solcher Anlässe geben. Ich hielt ein feuchtes Geschirrtuch in der Hand und war beinahe mit dem Abtrocknen fertig, als meine Mutter mich beiseitenahm. Sie gab mir eine Tüte und flüsterte mir ins Ohr: »Frohe Weihnachten.« Ich öffnete die Tüte und fand darin meine heißgeliebten Haferplätzchen.

»Danke, Mom.«

Sie drückte mich an sich und sagte: »George, du bist so ein netter junger Mann geworden, aber ich glaube, ich werde meinen kleinen Jungen trotzdem vermissen.«

Natürlich strahlte ich, als sie mich einen Mann nannte.

»Dein Vater und ich, wir sind beide sehr stolz auf dich.« Sie hielt mich noch einen Moment fest, dann nahm sie meine Hand und sagte: »Du hast mir gefehlt. Ich freue mich schon darauf, wenn du wieder bei mir zuhause bist.«

Ich wusste nicht, was ich sagen sollte. Es hatte keinen Sinn, ihr zu erklären, dass ich der bevorstehenden Abreise mit zwiespältigen Gefühlen entgegensah. Es hätte ihr das Herz gebrochen. Aber sie merkte auch so, dass mich etwas bedrückte.

»Komm, George. Wir müssen noch unsere Geschenke auspacken. Es ist Weihnachten!« Sie wischte sich kurz über die Augen und ging ins Wohnzimmer.

Wir versammelten uns alle um den Weihnachtsbaum, nur unseren Großvater konnten wir nirgends finden. Grandma Cora rief mehrmals nach ihm, aber er tauchte nicht auf. Schließlich ging sie ins Schlafzimmer, um dort nach ihm zu suchen. Still kam sie zurück und bat uns, noch ein wenig Geduld zu haben. Großvater Bo würde noch ein paar Minuten brauchen. Als er endlich ins Wohnzimmer kam, sah er so mitgenommen aus, als hätte er vom Schlafzimmer bis zu uns eine lange Reise zurückgelegt. In gewisser Weise hatte er das wohl auch.

Ehe er sich setzte, legte er ein Päckchen unter den Weihnachtsbaum. Es war in braunes Packpapier gewickelt, das einmal eine Einkaufstüte gewesen war.

Normalerweise fielen wir immer über die Geschenke her, aber in diesem Jahr nahmen wir uns Zeit und bedankten uns zwischendurch artig. Hannah verteilte die Geschenke der Reihe nach. Schließlich war nur noch das kleine braune Päckchen übrig.

Hannah rief: »Wir haben eins vergessen!«, und hielt das letzte kleine braune Päckchen in der Hand. »Da steht: Für Tucker von den McCrays.«

Sie gab es mir. »Hier, George, pack du es für Tucker aus.«

Wir freuten uns alle, dass wir unserem neuesten Familienmitglied ein Geschenk machen konnten. Tuckers rotbraunes Fell war zur Feier des Tages gestriegelt, und seine stattliche Erscheinung verlieh dem Wohnzimmers ebenso viel Glanz wie der Schmuck am Weihnachtsbaum. Ich entfernte die einfache Verpackung und schnappte nach Luft.

Mein Großvater hatte mit großer Sorgfalt das schönste Hundehalsband angefertigt, das ich jemals gesehen hatte. Es war aus weichem braunen Leder, in das die Worte TUCKER McCRAY eingeprägt waren. Der Verschluss wurde von Kupfernieten gehalten. Ich legte Tucker das Halsband um, und dort sollte es viele Jahre lang bleiben.

Anschließend verstreuten sich alle irgendwo im Haus, und Grandma rief mich in die Küche. Sie stand neben Grandpa am Spülbecken. Sie ergriff als Erste das Wort.

»Dein Großvater hat noch ein Geschenk für dich. Ein Abschiedsgeschenk.«

»George, ich möchte, dass du weißt, wie sehr ich deine Unterstützung und Hilfe in den letzten Wochen zu schätzen weiß. Es wird schwer werden, einen angemessenen Ersatz für dich zu finden.«

Dann gab er mir ein Kästchen, das in rotes Papier gewickelt war. Dabei lag ein Zettel mit Grandpas altmodischer Handschrift:

Für:
Den besten Straßenwart, den diese Familie jemals hervorgebracht hat!
Von:
Grandma und Grandpa McCray

Ich wickelte das Kästchen aus und öffnete den Deckel. Darin lag der Zinnbecher meines Großvaters, der seit so vielen Jahren neben dem Spülbecken gestanden hatte. Eigentlich hätte mein Vater ihn bekommen sollen, stattdessen ging er nun an mich.

Ich starrte lange auf das Geschenk und war seltsam berührt von diesem einfachen Zinnbecher, der seit vier Generationen von Vater zu Sohn weitervererbt worden war. Mein Großvater musste mit zwei sehr widersprüchlichen Empfindungen gekämpft haben. Einerseits freute er sich, dieses Stückchen Familiengeschichte an mich weiterzugeben, aber wie traurig muss er gewesen sein, dass er dabei eine Generation überspringen musste.

Um die feierliche Stimmung zu lockern, hob ich den alten Becher an meine Lippen, tat so, als würde ich ihn leer trinken, und seufzte tief auf: »Aaah.«

Grandpa war ergriffen. Für andere Leute war dieser Becher nicht wertvoll, aber er sah in ihm etwas Bedeutsames. Ich ging zu ihm hin und umarmte ihn. »Danke, Grandpa.« Er hielt mich fest in seinen Armen, die noch immer stark waren. Natürlich hatte ich ihm für weit mehr als diesen Zinnbecher zu danken.

Viele Jahre später erzählte mir meine Mutter etwas, was mir nie in den Sinn gekommen war. Der Verlust meines Vaters hatte Bo das Herz gebrochen, aber an diesem Weihnachtstag gab ihm die Vorstellung, dass ich meine Sachen packen und abreisen sollte, beinahe den Rest.

Meine Großmutter ergriff das Wort. »Jetzt, wo du offiziell zum Straßenwart ernannt bist, brauchst du einen anständigen Becher zum Trinken. Dieser Becher steht schon seit sechzig Jahren neben unserem Spülbecken; jetzt soll er neben deinem Spülbecken in Minnesota stehen.«

SIEBENUNDDREISSIG

Auch am Weihnachtstag gab es Pflichten, die erledigt werden mussten. Wir ließen Tucker inzwischen auch zu den Kühen hinein, aber ich band ihn beim Melken trotzdem immer noch an seinem neuen Halsband und einer langen Leine in der Scheune an. An diesem Tag bestand ich darauf, beide Stallschichten zu übernehmen, doch am Nachmittag hatte ich eine neue Helferin.

»Du wusstest gar nicht, dass ich das auch kann, oder?« Meine Mutter brachte mühelos die Melkmaschine in Position.

»Nicht schlecht, Mom, aber ich glaube, du brauchst noch ein bisschen mehr Übung.«

Sie sah von der Melkmaschine auf. »Ich habe noch zwei Tage Zeit dazu, bis wir fahren.«

Ich versuchte zu lächeln. »Das stimmt.«

Mit ihrer nächsten Bemerkung wollte sie mir offenbar ein bisschen auf den Zahn fühlen. »Ich freue mich darauf, wieder deine Mutter zu sein.«

»Mach dir keine Sorgen, Mom. Grandma hat gut für mich gesorgt.« Es kam mir gar nicht in den Sinn, wie sehr sie diese Worte verletzen könnten.

»Da bin ich froh …« Sie brach ab und arbeitete schweigend weiter. Als wir fertig waren, gingen wir zum Haus zurück.

Wir waren alle müde vom Tag und dem üppigen Truthahnfestessen. An diesem Abend schmökerte ich in meinen Büchern und genoss es, dass meine Familie und mein Hund bei mir waren. Meine Schwestern deuteten auf den Tisch mit dem Puzzle. »Grandma, warum hilfst du uns nicht?«

Grandma Cora stand mit gequältem Gesichtsausdruck im Zimmer. Ich glaube, sie wusste einfach nicht, wie sie sich je wieder an diesen Tisch setzen sollte, an dem sie so viele Stunden mit meinem Vater verbracht hatte. Sie würde seine Abwesenheit zu deutlich spüren und wollte der Situation lieber aus dem Weg gehen. Sie gab keine Antwort, und ich wusste, dass ihr der Gedanke an ein Puzzle unangenehm war.

»Ich glaube nicht, dass sie puzzeln möchte«, plapperte ich los.

Das war genau die falsche Bemerkung. Meine Großmutter drehte sich um und ging hinaus. Als meinen Schwestern klar wurde, was sie angerichtet hatten, rannten sie hinter ihr her in die Küche, dicht gefolgt von meiner Mutter.

Ich hörte Schluchzen und tränenreiche Entschuldigungen. Eine ganze Weile war es still, und ich wunderte mich schon, was sie machten und warum es so lange dauerte. Mein Großvater ließ seine Zeitung sinken und rutschte unbehaglich auf seinem Stuhl hin und her.

Plötzlich hörte ich die glockenhelle Stimme meiner Großmutter: »Kommt, Mädels!«

Wenige Augenblicke später kam das Quartett aus der Küche, gefasst und entschlossen. Einen Moment blieben sie stehen, dann sagte meine Großmutter mit einer Festigkeit und Würde, die ich niemals vergessen werde, die einfachen Worte: »Es ist an der Zeit.«

Sie setzten sich zusammen an den Puzzletisch, fassten sich an den Händen und schlossen die Augen. Einen Moment herrschte Stille, und ich spürte einen Kloß im Hals. Als meine Großmutter die Augen wieder öffnete, waren sie klar und sprühten vor Leben. Eine schon fast vergessene Fröhlichkeit schien den Raum zu durchfluten wie ein erfrischender Sommerwind.

Sie strich sich eine weiße Haarsträhne hinter das Ohr, lächelte und sagte: »An die Arbeit.«

Mit acht Händen kamen sie schnell voran. Um elf Uhr abends, als die letzten Scheite im Kamin glühten und eine knisternde Wärme ausstrahlten, stellte Hannah trocken fest: »Fertig.«

Ich war schon halb auf dem Sofa eingenickt und lächelte schläfrig.

Grandma Cora kam zu mir. »Sieh dir das an, George.«

Ich rollte mich vom Sofa und ging zum Puzzletisch hinüber, wo mich eine Überraschung erwartete. Es war eine Luftaufnahme von unserer Farm, die in viele Puzzleteile zerschnitten war.

Grandma nahm meine Hand und sagte: »Weißt du, George, dein Vater hat mir gerne Puzzles geschenkt, die so verflixt schwer waren, dass man nahe daran war aufzugeben. Diesmal hätte er es beinahe geschafft.«

Es war spät, und so gab ich den vier Frauen, die ich auf dieser Welt am meisten liebte, einen Kuss auf die Wange und ging ins Bett. Wenige Minuten später folgten meine Schwestern und Tucker. Auch er hatte ausgesehen, als müsste er sich dringend ausschlafen. Am nächsten Tag würde ich fertig packen müssen. Wieder schien eine Regel seltsam außer Kraft gesetzt zu sein. Junge Männer sollten nicht ihr geliebtes Zuhause verlassen müssen – aber genauso wenig sollten sie von ihren Eltern getrennt sein.

Ich fand keinen Schlaf. Um Mitternacht hörte ich Stimmen durch den Luftschacht heraufdringen. Sie fragten sich genau wie ich, wie es weitergehen sollte.

Die Stimme meiner Mutter klang angespannt. »Er tut nur so, als ob er packt. Er hat sich kein einziges Mal nach seinem neuen Zimmer, unserem Haus oder seiner neuen Schule erkundigt. Wenn er vorhätte zu gehen, würde er doch irgendetwas sagen, oder?«

Meine Großmutter versuchte, sie zu beruhigen. »Sarah, das hier ist das einzige Zuhause, das er kennt. Er kann zur gleichen Zeit traurig über den Abschied sein und glücklich darüber, wieder mit dir zusammen zu sein.«

Meine Mutter schien genau zu wissen, was in mir vorging. »Ich glaube, das ist es nicht. Ich weiß, dass er nicht gehen will.«

»Natürlich will er bei dir und seinen Schwestern sein.«

»Hat er jemals etwas davon gesagt, dass er nicht gehen will?«

Meine Großmutter war einen Moment still, dann tat sie etwas, was ich niemals für möglich gehalten hätte. Sie log. »Nein, Liebes, das würde George niemals sagen.«

Schließlich fragte mein Großvater in seiner unverblümten Art: »Ist er denn alt genug, um das selbst zu entscheiden?«

Meiner Mutter versagte die Stimme. »Ich werde ihn nicht zwingen. Es bringt ihn in eine schreckliche Situation: Er müsste sich zwischen den Menschen entscheiden, die er liebt. Hier geht es nicht um mich und meine Bedürfnisse. Es geht darum, was für ihn das Beste ist.«

Ich hörte, wie die alten Küchenstühle zurückgeschoben wurden. Müde, erschöpfte und vertraute Schritte knarrten auf der Treppe. Als meine Mutter die Tür öffnete, schloss ich die Augen und tat so, als würde ich schlafen, genau wie kleine Kinder es machen, wenn ihre Eltern ins Zimmer kommen. Ich fühlte ihr Gewicht auf dem Bett, als sie sich neben mich setzte. Einen Moment lang strich sie mir mit den Fingern durchs Haar. Tucker stand von seinem Schlafplatz an meiner Seite auf und kletterte über mich, um von ihr gestreichelt zu werden.

Damit hatte ich den perfekten Vorwand, um »aufzuwachen«.

Ich setzte mich auf, und meine Mutter nahm mich in den Arm, als wollte sie mir einfach nur Gute Nacht sagen. Sie hielt mich lange fest. Sie wusste, dass diese Umarmung für viele Jahre reichen musste.

»George, ich möchte mit dir reden. Bist du wach genug, um zuzuhören?«

ACHTUNDDREISSIG

Die Besuche, die uns meine Mutter in den folgenden Jahren jeden Winter abstattete, gehören zu den schönsten Erinnerungen meiner Jugend. Auch als meine Schwestern schon verheiratet waren und ihre eigenen Familien hatten, kam meine Mutter treu jeden Dezember für die Feiertage zu uns. Das Erntedankfest und sechs Wochen im Sommer verbrachte ich in Minnesota. Dazwischen schrieben wir uns endlose Briefe, telefonierten regelmäßig und besuchten uns zusätzlich, wann immer es möglich war. Es lag vielleicht einige Entfernung zwischen uns, aber wir waren uns trotzdem sehr nahe.

Inzwischen ist es lange her, seit sie uns zum letzten Mal an Weihnachten in Kansas besucht hat. Sehr lange. Deswegen ist heute ein so besonderer Tag.

Sie sollte jetzt jeden Moment hier sein. Ich habe Tuckers Halsband, den Zinnbecher von meinem Großvater und das letzte Puzzle, das mein Vater Grandma Cora geschenkt hat, herausgesucht. Das Erinnerungsvermögen meiner Mutter lässt nach. Der Arzt hat uns empfohlen, ihr Gegenstände aus der Vergangenheit zu zeigen, wenn wir ihr von früher erzählen. Es war meine Aufgabe, diese kleine Ausstellung zusammenzustellen und genau die richtigen Gegenstände aus unserem kleinen Familienmuseum herauszusuchen.

Wenn es so weit ist, möchte ich, dass sie neben dem Kamin sitzt, unseren Geschichten lauscht und Trost in unserer Vergangenheit findet – sie soll wissen, was für einen wichtigen Platz sie darin einnimmt. Ich möchte ihr manches sagen, manches erklären. Ich weiß nicht, woran sie sich erinnert und was sie vergessen hat und wie viel Zeit mir noch bleibt, um ihr zu sagen, was ich fühle. Ich gehe die Erzählung noch ein letztes Mal durch …

Grandpa war der Straßenwart von Cherokee County. Sein Name war Bo McCray, und der Name meiner Großmutter war Cora. Nach Vaters Tod bin ich mit Tucker, meinem Hund, hier auf der Farm geblieben, um bei meinen Großeltern zu leben. Sie haben mich großgezogen. Von allen mutigen Menschen, die mich in dieser Zeit begleitet haben, war meine Mutter wohl die Mutigste. Sie hat mir erlaubt hierzubleiben, weil sie wusste, dass ich einen Abschied nicht verkraftet hätte.

Inzwischen habe ich eigene Kinder und weiß, wie schwer das für sie gewesen sein muss. Manchmal sind die stärksten Menschen auf der Welt diejenigen, die loslassen können, damit wir anderen bleiben können.

Im Winter 1962 lernte ich, ein Straßenwart zu werden. Man mag das vielleicht für einen unwichtigen Job halten, aber ich bin überzeugt, dass die wichtigen Aufgaben im Leben immer wieder auf das Gleiche hinauslaufen: Es geht darum, die Hürden wegzuräumen, die uns im Weg stehen.

Tucker und ich hatten noch fünf warme Sommer und kalte Winter zusammen, ehe er ein alter Herr wurde. Es gab noch oft ein Schneechaos, aber nie mehr waren die Verhältnisse so katastrophal wie in jenem Jahr. Was für Schneeberge!

Wenige Jahre später fuhr ich mit Grandpas altem Ford in die Schule und zu meinen Verabredungen mit einer jungen Frau. Mary Ann war schon seit Jahren meine beste Gefährtin im Schulbus gewesen. Im Weihnachtsspiel damals spielte sie einen Engel. Danach sah ich sie mit anderen Augen. Und so sehe ich sie nach vierzig Jahren noch immer.

Grandma Cora erzählte mir, dass Tucker mich schon kilometerweit im Voraus hören konnte, wenn ich mich mit dem alten Ford der Farm näherte. Er lief dann unruhig auf der Veranda auf und ab, wedelte wild mit dem Schwanz und bellte kurz und freudig, wenn ich in die Einfahrt bog. Er war ein wunderschöner Hund – ein Hund, wie man ihm im Leben nur einmal begegnet.

Nach der Highschool ging ich nach Vietnam. Ich verließ Tucker und Cherokee County an einem Freitag und sollte für zwei lange Jahre nicht zurückkommen.

Tucker wich monatelang nicht von der Veranda. Er dachte, ich würde nach der Schule nach Hause kommen, wie ich es beinahe jeden Tag seines Lebens bei uns getan hatte. Er dachte, das wäre eine feste Regel. Ich wusste genau, wie er sich fühlte – Tag für Tag zu hoffen, dass ein geliebter Mensch zurückkommt, als sei nichts gewesen, einfach so durch die Küchentür.

Eines Morgens im April wurde Tucker unruhig. Grandma Cora beobachtete ihn, wie er aufstand und nach Süden zum Kill Creek blickte. Dann jaulte er und lief Richtung Mack's Ground davon. Vielleicht wollte er dort nach mir suchen. Vielleicht wusste er, dass sein Ende nahe war, und wollte seine letzten Tage noch auskosten.

In dieser Woche tauchte er überall in der Gegend auf, und die Leute sagten: »Ist das nicht George McCrays großer rotbrauner Hund?« Sie riefen an und berichteten Großmutter, dass sie ihn von weitem hätten herumstreunen sehen. Aber er ließ niemanden in seine Nähe.

Nach einer Woche kam er erschöpft, aber zufrieden nach Hause. Auf der Veranda brach er zusammen und stand nie wieder auf. Er starb dort nach einem glücklichen, erfüllten Leben. Ich hatte nie einen treueren, besseren Freund. Er war ein Geschenk. Ich werde den alten Tucker immer vermissen.

Auch für Grandma Cora und Grandpa Bo war es ein schwerer Abschied. Sie trugen ihn zu Mack's Ground und begruben ihn am See, an dem Ort, wo er am glücklichsten gewesen war. Dort ruht er noch immer. Grandpa hat eine einfache Holzbank gebaut und sie neben dem See aufgestellt. Noch heute können meine Fami-